VIDGAD HORISONT

Andra boken
om
Monica i Dörja

Till Annette
som alltid stöttat mig i mitt skrivande

och till alla läsare av
"Djupt under ytan"
som på olika sätt uttryckt tacksamhet och uppmuntran
och efterfrågat en fortsättning på historien om
Monica i Dörja by

ARNE G D JOHANSSON

VIDGAD

HORISONT

© 2021 Arne G D Johansson (2:a upplagan)
Omslagsfoto: A.Johansson
Förlag: BoD – Books on Demand, Stockholm, Sverige
Tryck: BoD – Books on Demand, Norderstedt, Tyskland
ISBN: : 978-91-8007-041-6

Resumé av "Djupt under ytan"

När Monicas mamma gick bort efter en kort tids sjukdom, tog hon med sig en hemlighet i graven. En hemlighet som Monica försökt få ta del av men utan framgång. Hemligheten handlade om vem som var den man vars dotter hon var och som hon, nu i mogen ålder, gärna skulle vilja lära känna. Om det var möjligt.

En snabb affär, då Monica som är framgångsrik egenföretagare med juridisk inriktning köper ett fritidsboende, ger hennes liv en ny inriktning. Den tidigare så rationella yrkeskvinnan får helt plötsligt nya frågor om livets väsentligheter. Hennes nyförvärvade boende leder till nya vänner i olika åldrar och från olika sociala sammanhang. Bland dessa nya bekantskapskretsar finns både de som irriterar och stör hennes tillvaro men också de som ger en trygghet och tillhörighet. Efter att ha bott i den lilla byn i knappt ett års tid börjar pusselbitar dyka upp och vissa av dem läggs som en början till det som ska ge den bild av hennes första barnaår vilken hon har försökt få fram sedan några år tillbaka.

Kring Monica finns några kvinnor som liksom hon själv är starka kvinnor. Eller är hon stark? Några män med olika karaktärer har även kommit in i hennes liv. En urmakare, en pensionär, en lantbrukare och en pastor. De spelar olika roller i sina relationer till Monica. Inte enbart angenäma sådana men ska de fortsätta spela någon roll i hennes liv?

De personer som figurerar i, och omkring, Dörja by har ingen motsvarighet i det verkliga livet. Att de olika karaktärerna bär prägel av människor jag mött genom livet betyder inte att det är några specifika personer som skildras i berättelsen. Samtliga är resultatet av min egen fantasi och finns bara inom romanernas värld och ram.

Författaren

Första kapitlet

Monica Björkengren satt på trappstenen och njöt av den uppgående solens strålar. Allt runt omkring henne gav löfte om ännu en underbar sommardag. Det var blomdoft, fågelsång och ett stilla sus från den omgivande skogen.

Hon blundade och lät sig bara omges av allt det som naturen hade att erbjuda en dag som den här. Det var söndag och inget som krävde hennes uppmärksamhet eller engagemang. Visst kunde hon hitta ett antal olika saker att lägga händerna på, men det var inget som var absolut nödvändigt.

Hon lät tankarna komma och gå precis som de ville.

Det var mycket som hade hänt sedan hon läste den där annonsen om stugan i utkanten av Dörja by. Det var mycket som förändrat och påverkat hennes liv, hennes vardag, hennes sätt att se på tillvaron.

Hon visste med bestämdhet att ännu var hon inte framme vid någon form av mål. Det fanns fortfarande frågetecken som behövde rätas ut. Kanske var det också så att vissa frågetecken skulle förbli frågetecken för all framtid. Kanske fanns det frågor som inte hade något riktigt svar. Det fick framtiden i så fall utvisa.

Men mycket hade ändå hänt och mycket skulle förmodligen också hända i den okända framtid som en dag som den här kändes så hanterbar, så ofarlig, ja till och med lockande.

Hon öppnade ögonen och såg ut över den del av trädgården som fanns inom synhåll från platsen där hon satt. Där fanns det mycket som skulle komma att förändras. Hon hade inte hunnit göra så mycket än, men allt behövde ju inte hända på en och samma sommar. En trädgård skulle väl ha tid på sig att sakta växa och utvecklas.

Hon hade sina anteckningar och skisser från den där dagen då hon haft besök av Maj-Britt och fått många goda råd när det gällde trädgårdsskötsel. Det var inte bara goda råd om växter och örter som denna nya bekantskap delat med sig av. Monica hade fått annat att tänka på också. Den lite äldre kvinnans absoluta övertygelse om att det fanns någon som brydde sig om varje människa på ett personligt sätt hade slagit en liten rot i hennes inre. Det kändes som om det spirade något långt därinne precis som det växte och utvecklades i hennes trädgård. Vad som skulle komma ut av denna nya känsla visste hon inte, men djupt därinne fanns det som en skärva av övertygelse om att det inte var något som hon måste värja sig emot

Hon hörde den gamla väggklockan slå inifrån huset och Uno Lövgrens öppna, lite vuxet barnsliga, ansikte skymtade fram för henne. Det kändes både tryggt och lite spännande att tänka på honom.

Den artige och belevade urmakaren som hjälpt henne med den gamla klockan hade fått en plats i hennes hjärta på ett alldeles speciellt sätt. Genom hennes etablering av sin verksamhet inne i Kornlanda hade de fått mera med varandra att göra. Det råkade vara i Lövgrens fastighet som hon nu hade sitt kontor.

Vart deras personliga relation var på väg hade hon inte en aning om, men kände heller ingen oro för hur

8

fortsättningen skulle bli. Att han i all sin ordentlighet ändå attraherade henne kunde hon inte förneka.

Hon tummade på boken som låg bredvid henne på trappstenen och tänkte på sin mammas hårda kamp för att skapa en ogenomtränglig yta över det som en gång varit. Det gjorde lite ont i hjärtat när bilden av hennes mamma tonade fram inom henne.

Hon hade fortfarande svårt att acceptera att mamma inte längre fanns tillgänglig. Att hon inte bara kunde ta telefonen och slå en signal för att få dela sina tankar och funderingar med den person som stått henne allra närmast i livet.

Att det aldrig blivit tillfälle för modern att äntligen lätta på den väl förborgade hemlighet som hon burit alldeles ensam genom alla år var en besvikelse som Monica inte kunde skaka av sig hur som helst.

Men Monica hade till sist ändå, mycket tack vare den bok som hennes mamma lämnat efter sig, lyckats tränga ned under den yta dit ingen annan hade haft tillträde. Hon var säker på att där fanns mer att upptäcka, men hon hade samtidigt blivit starkt medveten om att det fanns en annan yta som också höll på att sprängas.

Det var hennes egen yta, hennes egen fasad, som hon själv skapat utan att kanske vara så väl medveten om att det faktiskt blivit på det viset.

Nu öppnades också hennes eget kontrollerade liv för nya influenser, nya erfarenheter, nya relationer och en ny syn på livets obegripligheter.

Det fanns så mycket när ytan brast. Det var som om det bildades ringar på vattnet, som att hon tvingades vidga sin horisont. Som om det inte var tillräckligt att bara söka sig ner i det förgångnas hemligheter utan lika viktigt att lyfta blicken och ge akt på allt det som fanns runtomkring henne. Att våga tro att svaret på frågorna kanske mera handlade om nutid och framtid än om historia.

Hon reste sig för att hämta en kopp av det nybryggda kaffet som hunnit rinna genom filtret medan hon suttit här i tankar. Det doftade så gott från den varma drycken när hon fyllde koppen till brädden. Bredvid bryggaren låg det senaste programbladet från byns kapell. För något år sedan hade hon väl knappast låtit det finnas kvar någon längre stund efter att hon vittjat postlådan, men nu hade hon sparat det för eventuella framtida behov.

Hon hade redan tittat i det flera gånger så hon visste att det hölls gudstjänst i kapellet denna söndagsförmiddag. Hon visste att det skulle vara medverkan av församlingens pastor, Peter Fridh, och att hans mycket glada och trevliga fru skulle sjunga solo.

Det hörde inte precis till hennes väl inrotade vanor att besöka kyrkor eller kapell för att deltaga i gudstjänster. Från barndomstiden och uppväxten hade hon haft intrycket att sådana aktiviteter möjligtvis hörde samman med de större högtiderna under året. Därutöver skulle det vara något alldeles speciellt som gjorde ett besök i kyrkan nödvändigt.

Hon hade ändrat sig lite på den punkten nu. Saker hade hänt som påverkat hennes inställning till kyrkans verksamhet. Eller kanske handlade det mera om att hennes relation till det som gudstjänsten stod för hade fått en mera personlig prägel. Hon var inte riktigt säker, men de få gånger som hon hittills bevistat en sammankomst i Dörja kapell hade hon upplevt det som något positivt.

Att pastorsparet bjudit in henne till sin juldagssamling för de allra närmaste vännerna hade väl också satt sina spår. Den bild som hon tidigare, mer eller mindre omedvetet, haft när det gällde präster och pastorer hade reviderats i samvaron med paret Fridh. Hon hade upptäckt att de var vanliga människor som hon själv och de flesta andra. Hon återvände ut med sin kaffekopp och en ostsmörgås. Kanske skulle hon offra någon timme av den solvarma och härliga dag som låg framför och bänka sig i kapellet tillsammans med det fåtal som troligtvis skulle infinna sig där idag. Kanske var det inget stort offer när hon tänkte närmare på saken. Kanske var det till och med så att hon kände ett litet, litet behov av att tillbringa den där timmen just i det där lilla kapellet. Eller att hon i alla fall såg det som ett fullgott alternativ...

Lite senare satt hon på cykeln och trampade i sakta mak den korta sträckan fram till byns centrala delar. Över henne välvde sig den blåaste himmel hon kunde önska sig. Inte ett moln som kunde skymma den varma solens livgivande strålar. Naturen tycktes bara göra sitt allra bästa för att hon skulle känna sig tillfreds, ja till och med lycklig, över att just hon fick vara just här just nu. Att hon fick vara en del av något som var så stort, så svårt att ana vidden av, men ändå så konkret och närvarande.

På väg in i kapellet fick hon sällskap av Maj-Britt och Bengt Jonsson, det strävsamma lantbrukarparet som hon nu började bli lite bekant med. De tillhörde ju också dem som hon träffat för första gången i samband med pastorsparets juldagssamling.

– Hur går det med trädgården, sa Maj-Britt med ett leende. Kan jag komma över en sväng och se lite närmare på dina växter nu när det blommar som mest? Jag måste erkänna att jag är lite nyfiken med tanke på de möjligheter som finns där.

– Självklart, log Monica tillbaka. Jag borde förstås ha tänkt på att ge dig en inbjudan. Jag skäms faktiskt när jag inser hur dålig jag är på sådana saker. Jag hoppas du inte blir ledsen på mig.

– Äsch, inte då. Jag hade väl kunnat ta mig själv i kragen och svängt över någon dag, men den här tiden är ju lite brådare för oss bönder, som du kanske förstår...

– Det kan jag tänka mig även om jag inte har någon djupare inblick i hur bondelivet ser ut. Men du är välkommen när det passar dig. Slår du en signal så kan jag säkert ha något att bjuda på.

Det var dags att avsluta konversationen och inta en plats i någon av de ganska obekväma bänkar som kapellet hade att erbjuda sina besökare. Gudstjänsten skulle börja vilken minut som helst.

Det var, precis som Monica anat, ganska glest med besökare den här söndagsförmiddagen. Hon noterade att ingen från släkten Lagberg tycktes närvarande vilket förvånade henne. Men även de som räknades som medlemmar i församlingen lockades väl av andra aktiviteter en dag som den här, tänkte hon medan hon letade upp det föreslagna numret i sångboken och bestämde sig för att försöka sjunga med.

Några rader i den andra versen stannade liksom kvar inom Monica. Det var en enda strof som fortsatte att snurra därinne precis som en grammofonskiva som hängt upp sig.

"Blicka mot himlen opp"

Hon hade svårt att slita blicken från just de där orden. Varför ville inte den delen lämna henne lika lättvindigt som resten av sången glömdes nästan lika fort som den sjöngs? Det var väl inte bara för att den innehöll det lilla ordet "opp"? Det borde förstås ha varit "upp", men Monica förstod att det hade med versens rim att göra.

"Blicka mot himlen opp"

Vem var det som hade formulerat de där enkla orden som ändå hade en sådan förmåga att haka sig fast i hennes medvetande? Vad hade sångförfattaren själv tänkt när han skrev de där orden? Hurdant hade hans liv varit, vilka glädjeämnen eller bekymmer hade funnits i hans liv när sångens ord formades?

Monica förvånades över sina egna tankar och ryckte till lite när hon insåg att de församlade slutat sjunga. Det var tydligen tid för ett annat inslag i gudstjänsten.

Därframme stod nu Eva Fridh med sin gitarr och sa några ord om den sång som hon tänkte sjunga.

– Mina tankar har kretsat en hel del omkring hur lätt det händer att vår horisont krymper. Vi ser bara det som finns alldeles inpå oss eller kanske bara det som verkar göra vår vardag lite besvärligare. Därför vill jag sjunga en sång om hur viktigt det är för oss att lyfta blicken, se lite längre, lite högre.

Sången hon sjöng tilltalade Monicas musikaliska ådra, men orden gick henne i stort sett förbi i alla fall. Det var istället orden från den gemensamma sången som fortsatte att uppta hennes tankar.

Hon ångrade att hon slagit igen sångboken så snabbt när hon upptäckte att hon satt i egna tankar medan övriga besökare tog del i det som hände i gudstjänsten. Nu kunde hon inte komma ihåg var i boken sången fanns.

De enkla men märkvärdigt inträngande orden tycktes återkomma i den predikan som pastorn lite senare höll. De bibliska texterna var främmande för Monica, men de lugna och harmoniska orden om människans möjlighet att lyfta blicken och se mot himlen kändes nära och personliga.

Som vid tidigare tillfällen fann hon pastor Fridhs tankar intressanta och värda att lyssna till. Den mannen hade en alldeles enastående förmåga att utan några större åthävor fånga sina åhörares intresse. Den melodiska rösten och det behagliga tonfallet bidrog förstås när budskapet skulle göras angeläget för dem som lyssnade. Det var svårt att inte låta sig fångas.

Orden från den inledande sången fortsatte att tona inom Monica när hon någon timma senare cyklade hemåt igen. Lätt som hon hade för att komma ihåg melodislingor kom hon på sig själv med att gnola på sångstrofen. Hon kom inte ihåg så mycket mer av texten, men melodin satt där redan. Den var inte svår att ta till sig. Den var enkel men ändå lite medryckande. Hon visste att den inte skulle lämna henne, att den skulle fortsätta att göra sig påmind då och då.

Jag får väl försöka få fatt i en sångbok på något sätt, tänkte hon. Jag skulle bra gärna vilja se hela texten igen och helst få veta lite mer om när och varför den skrevs. Den kändes så äkta, så personlig, så övertygande på något sätt. Även om hon inte kom ihåg något mer av texten hade hon en känsla av att den trängt under ytan i hennes eget tankeliv medan de sjöng.

Den hade verkligen lyckats tränga in och ta en plats i hennes allra innersta.

Resten av dagen tillbringade hon mest i trädgården. Arbetslusten var kanske inte helt på topp, men bara hon fick ta det i sin egen takt hände det ändå en hel del under de timmar som hon svettades i den värmande solen. Det här var nyttigt för både hjärta och hjärna. Vilken tur att hon hittat "Larssons" och fick utlopp för sitt behov av att röra på sig på ett sätt som kändes riktigt meningsfullt.

När hon frampå eftermiddagen insåg att det var hög tid att tänka på middag kunde hon glädjas åt att

14

en hel del ogräs förpassats från rabatten till den begynnande komposthögen bakom uthuset. Hon kände nästan ett behov av att klappa sig själv på axeln och säga några berömmande ord. Det fanns ju ingen annan som kunde tänkas göra det och åter upplevde hon den där känslan av att det fattades något väsentligt i hennes liv trots allt som hon hade omkring sig.

Hon, som alltid hävdat den personliga friheten och fördelen med att inte vara uppbunden av någon annan, kände att även på detta område hade hon fått anledning att tänka om. Ensam är nog inte alltid stark, tänkte hon när hon ställde undan redskapen och strök svetten ur pannan.

Det kändes rejält i musklerna när hon sträckte på sig i någon form av stolthet över vad hon åstadkommit. Kanske hade hon trott sig ha en mer vältränad kropp än som verkade vara fallet. Nåja, det var väl ändå något som hon skulle kunna åtgärda. Trädgårdsslitet i sig var kanske ett bra sätt att bygga upp de muskler som lätt förslappades av för mycket skrivbordsarbete.

Hon lyfte blicken mot himlen där några fåglar just passerade hennes synfält och åter tonade sångens ord inom henne.

"Blicka mot himlen opp"

Vände hon blicken österut såg hon hur några moln började torna upp sig över horisontens trädtoppar. En solig dag höll på att övergå i något annat.

Andra kapitlet

Monica vaknade av en fruktansvärd knall och precis som hon slog upp ögonen lystes hela rummet upp av ett starkt ljussken. Hon satte sig förskräckt upp i sängen och undrade vad som hände. I samma sekund hördes det dånande ljudet av åskan som härjade vilt över bygden. Hon letade efter strömbrytaren till sänglampan men det hände inget när hon försökte tända. Det var ändå inte helt mörkt i rummet så hon kunde ta sig de få stegen till trappan. Just som hon tog de första stegen nedför trappan hörde hon klockans trygga klang. Hon räknade slagen och kom till fyra innan ljudet dog ut.

Lite väl tidigt att stiga upp, tänkte hon, men vem vågade återvända till sängen i ett sådant här väder. Något liknande hade hon inte varit med om sedan hon bosatte sig i sin lilla stuga i utkanten av Dörja by.

Väl i köket satte hon sig vid köksbordet och tittade ut genom fönstret där blixtarnas skarpa ljus avlöstes av ett muller som ibland lät lite avlägset, ibland som om det small precis rakt ovanför stugtaket.

Hon visste inte om hon skulle vara rädd eller känna sig trygg. I stan hade det aldrig funnits en tanke på att åskan kunde vara ett hot på något sätt. Vad hon kunde minnas hade aldrig någon pratat något speciellt om de starka krafter som var lössläppta när åskan gick. På sin höjd blev det kanske någon kommentar om att nu var Tor ute med sin hammare igen.

Här var det annorlunda. Här kom allting så mycket närmare, blev så mycket större, gav en omedelbar känsla av den egna litenheten.

Plötsligt tonade sångstrofen inom henne på nytt och hon fann sig själv sitta och nynna på den melodi som kommit att stanna kvar i hennes medvetande på ett nästan oförklarligt sätt. Fast hon fortfarande bara kom ihåg de där enkla orden kände hon en inre värme, en trygghet, när hon lät dem komma fram.

"Blicka mot himlen opp"

Inte så lätt just nu kanske, tänkte Monica. Det är nog bäst att hålla sig inomhus för nu kommer visst regnet också. Att det kunde slå om så hastigt från en strålande solskensdag till en skrämmande åskvädersnatt. Fast nog hade det känts lite kvavt frampå kvällen när hon suttit därute och tagit igen sig efter dagens arbetsinsats i trädgården.

Visst hade hon sett några moln över skogen men inte tänkt så mycket på det. Hade väl inte lärt sig att tyda naturens tecken på samma sätt som de människor som hela sitt liv varit i symbios med den natur som de levde så nära varje dag.

Hade jag frågat Tage hade jag säkert fått klara besked, tänkte hon vidare och kände en värme i sitt inre när den äldre mannen gjorde sig påmind. Han skulle nog ha hänvisat till värk i knäet eller något annat kroppsligt tecken på att det var väderomslag på gång.

Det var märkligt med Tage Persson. Eller kanske var det märkligt med hennes egen relation till honom. Den första person som hon kom att sitta och prata med i byn var den man som långt tidigare haft en kärleksrelation med hennes mamma. Ett förhållande som brutalt slagits sönder av någon som inte aktade en annan människas lycka som speciellt mycket värd att ta hänsyn till. Av en man som blev hennes biologiska pappa. En pappa som hon aldrig haft någon relation till. Som hon inte ens hade kunnat prata med sin mamma om. En pappa som stängts ute från den sfär som blivit hennes mammas och i förlängningen hennes egen.

Medan åskvädret sakta men säkert drog vidare och dog ut satt Monica kvar vid bordet och lät tankarna vandra fritt och ostrukturerat. Hennes vardag, hennes arbete, krävde för det mesta full koncentration. Där måste hon kunna sortera och ordna på ett tydligt sätt för att ge sina kunder den bästa tänkbara service. Här och nu kunde hon bara slappna av och låta tankar och händelser vandra fritt ut och in i sin inre värld. Det kändes oerhört skönt att inte behöva vara på topp, ha varje detalj under kontroll.

Det kraftiga skyfallet hade övergått i ett stilla regn som säkert gjorde gott för den växtlighet som inte fått för mycket av den varan de senaste dagarna. Hon hade hört i affären att bönderna gärna såg att det blev en ordentliga rotblöta, som man uttryckte saken. Fast lite kolliderade visst intressena eftersom det fortfarande pågick höbärgning på en del av gårdarna. Hon hade lagt på minnet ett uttryck som någon citerat när hon väntade på sin tur borta hos Berta i Kungsfors. "Lite regn skulle göra gott på min potatis och grannens torra hö", hade personen ifråga sagt och skrattat så belåtet efteråt. Utan att vara direkt insatt i jordbruk hade Monica ändå förstått udden i uttalandet.

Att mannen som bidragit med skämtet bodde granne med Valter Lagberg var Monica så gott som säker på. Var det kanske inte bara ett skämt? Fanns det lite av allvar bakom också kanske? Tillhörde även han en av de där människorna som hade ett litet horn i sidan till Valter? Varför tycktes det finnas så många i Dörja som inte tycktes ha något till övers för Valter Lagberg. Ja, som på något sätt hade svårt för att dra jämt med hela släkten Lagberg.

Tankarna for omkring som vilda fåglar. Att Valter Lagberg blev en av dessa som gärna ville landa lite djupare i hennes medvetande hade sina randiga och rutiga skäl. Det namnet, den mannen, passerade ofta förbi när hon tillät tankarna att fara okontrollerat. När det inte fanns någon gräns för de funderingar som hon då och då blev helt upptagen av. Även hos henne fanns det en viss reservation gentemot Valter.

Han hade ju dykt upp på ett överraskande sätt när hon för första gången tog sig en titt på stugan som sedan blev hennes. Hans uppträdande den gången och den misstanke som funnits att han gjort ett försök att förhindra hennes köp av Larssons satt fortfarande kvar som en tagg i hennes inre.

Hans lite påflugna sätt hade hon svårt för att känna sig bekväm med. Det fanns en osäkerhet i närheten av Valter Lagberg.

Så här på morgonkvisten var det som om sinnet öppnade sig lite extra. Som om tankeutrymmet vidgades och hennes vanliga kontrollbehov hamnade lite i bakgrunden. Det hände allt oftare sedan hon bosatt sig i Dörja by att hon blev sittande helt upptagen av sina tankar så hon glömde både tid och rum.

Det hände inte så sällan att tankeverksamheten resulterade i att hon på nytt tog fram Lilians bok och återvände till de noteringar som hon snart kunde citera utantill. Hennes mammas minnesanteckningar, det testamente som hon lämnat efter sig till sin dotter, vägde tungt i det liv som hon just nu levde.

Efter samtalen med gamla fru Lagberg, Valters och Bertas mamma, och Tage Persson hade det kommit in en ny dimension i hennes liv. En kunskap som, kombinerad med moderns efterlämnade anteckningar, både gett henne svar och skapat frågor.

Hon visste med största säkerhet att hennes egen tillblivelse hade en stark koppling till Dörja by. Hon hade all anledning att tro på Lovisa Lagbergs slutsats att hennes biologiska pappa var Lovisas man och därmed också Berta och Valters pappa. Även om det inte var glasklart var det mycket troligt att det var fakta som presenterats för henne.

Det hade knappast funnits någon anledning för Lovisa att fabulera ihop något som så starkt placerade henne själv i en mycket utsatt situation. Slutsatsen att det var hennes egen man som sökt sig till den unga flickan och tillfredsställt sina begär hos henne kunde ju tolkas som om han inte fick vad han önskade hos den kvinna som han var lagvigd med.

Det kändes inte som om Lovisa skulle ha något att vinna på att påstå något sådant. När hon därtill var en av de tongivande i den frikyrkliga församlingen i Dörja fanns det ännu mindre anledning att misstro henne, tänkte Monica. Inte för att hon rent generellt kunde tillstå att de frikyrkliga skulle vara mera tillförlitliga än andra, men med Lovisa Lagberg var det något som gjorde henne väldigt trovärdig.

Helt säker var hon förstås inte. I varje fall inte så säker att hon kunde lämna frågan bakom sig.

Tage Perssons underförstådda misstankar, som hon fått del av, strök ytterligare under att det knappast fanns någon annan rimlig förklaring, någon annan upphovsman, även om hon innerst inne egentligen önskade att det inte hade varit på det sättet.

Tage hade förstås haft anledning att kasta skulden på någon, så även om hon kände ett förtroende för den äldre mannen fanns det brister i bevisningen även där. Rent objektivt hade det inte framkommit något från Tages sida som kunde betraktas som solklara bevis. Förresten hade kanske inte Tage någon gång sagt rent ut att det skulle vara den gamle Lagberg som var den skyldige. Det hade liksom bara blivit som en logisk fortsättning på det som han berättat för henne.

Hon hade därtill väldigt svårt för att själv förlika sig med tanken att hennes mamma burit fram ett barn som var resultatet av något som mer eller mindre bara kunde betraktas som en våldtäkt.

Att det barnet var hon.

Klockans klang fick henne på nytt att återvända till nuet och inse att det var hög tid att göra sig iordning för dagens arbete. Veckan som gått hade hon unnat sig en välbehövlig semester, men nu kände hon att det var dags att ta sig an de uppdrag som hon skrivit kontrakt för. Även om pengarna inte skulle sina inom den närmaste tiden var det ändå bra att komma igång så det blev intäkter i den firma som under det senaste året inte genererat speciellt mycket. Det kändes inte rätt att ligga på minus månad efter månad när hon visste att hon hade kapacitet för att se till att firman gick med vinst. Hon hade ju i alla fall en hyra att betala.

Jag måste prata med Uno, tänkte hon medan hon plockade fram frukosten. Varför ska det vara så svårt? Om det är någon som jag kan känna mig trygg tillsammans med så är det väl honom.

I bilen på väg mot Kornlanda bestämde hon sig för att försöka få ett tillfälle att ostört sitta ned med urmakare Uno Lövgren, tillika hennes hyresvärd för de kontorslokaler som hon hyrde i samma fastighet som han hade sin klockaffär. Det var i och för sig inte hyrans nivå eller några andra rent praktiska trivialiteter hon ville dryfta med honom.

Hon drog sig samtidigt till minnes att hon ännu inte hade betalat sin skuld till honom för reparationen av den gamla klockan. Hon hade för all del frågat ett par gånger, men varje gång hade han haft någon form av ursäkt så någon räkning hade han inte kunnat presentera. Hon förstod att det aldrig skulle komma någon heller, men det kändes inte riktigt bra för hennes del. Hon ville inte stå i skuld till någon. Inte ens till urmakare Uno Lövgren, hur trevlig och tillmötesgående han än var.

Det var inte främmande för henne att den artige och belevade affärsmannen visade ett lite djupare intresse för henne, inte bara som hyresgäst utan också som kvinna. De gånger som de umgåtts lite närmare än den rent affärsmässiga kontakten hade hans beundran för henne varit tydlig nog. Även om han uppträdde på ett mycket gentlemannamässigt sätt så lyste ändå hans djupare känslor igenom ganska tydligt. Han hade absolut inget pokeransikte. Han var mera som en vidöppen bok som lätt kunde läsas.

Monica kände sig inte besvärad av denna sida hos hyresvärden. Innerst inne tyckte hon nog faktiskt om hans sätt att se på henne, att hålla hennes hand då de hälsade på varandra. Det skedde på ett sätt som hon aldrig någon gång tidigare varit med om. Det var så äkta, så osminkat, så genomärligt. Det verkade inte finnas några baktankar, något skådespeleri, några självviska motiv.

Inget som man kunde ana i alla fall, men vem visste egentligen vad som rörde sig i en annan människas inre värld. Vem kunde på ytan avläsa vilka tankar som formades bakom den fasad som visades utåt. Men nog var det ändå på det viset att vissa människor var mer öppna och lätta att läsa av än andra. Uno Lövgren var, enligt hennes uppfattning, definitivt en av dem.

Vilka tankar och känslor som hon själv hyste gentemot mannen som hjälpt henne med hennes klocka och som hyrt ut sin lediga lokal till henne var hon långt ifrån klar över.

Det hade hänt så mycket, det hade varit så många känslor som slagits om utrymmet i hennes inre värld den senaste tiden. Visst hade där funnits tankar omkring hennes självvalda ensamhet, men allt det andra hade tvingat dessa tankar att inta en mera undanskymd plats. Det fanns annat som först måste falla på plats i hennes liv. Hon måste på något sätt få landa i vem hon egentligen var, var hon hörde hemma, var hon hade sina mest djupgående rötter, vem hon kunde räkna in bland sina egna.

Men ju närmare hon kom staden desto mer såg hon ändå fram emot att få en stund tillsammans med Uno Lövgren. Hon hoppades att det inte skulle komma en massa saker emellan utan att de kunde få sitta ner och prata ostört.

En sak var hon absolut säker på när hon parkerade bilen och gick för att låsa upp och vädra sina lokaler. Hon skulle inte fråga efter någon reparationsräkning den här gången.

Det fanns viktigare saker att avhandla.

Tredje kapitlet

Det var fredagskväll. När Monica slog sig ner framför TV-apparaten kunde hon inte begripa vart veckan hade tagit vägen. Hon hade en obehaglig känsla av att det var alldeles nyss som hon, med blixtar och dunder, väckts upp till en måndagsmorgon.

Håller jag på att bli gammal, tänkte hon medan hon reste sig upp för att byta kanal. Nyhetsprogrammet var ju på den andra kanalen och det var detta som hon hade tänkt ägna en stund åt så här på kvällen. Det var inte helt oväsentligt att hålla sig något så när informerad om vad som hände ute i den stora världen. Ibland hade hon en känsla av att flytten till Larssons i utkanten av Dörja avskärmat henne en del från den omvärld som hon ändå var en del av.

Den senaste tidens händelser och upplevelser hade kanske bidragit till att hennes värld tenderade att krympa. Det hade hänt så mycket som kretsade omkring henne själv och hennes egen lilla värld i världen.

Hon insåg att det fanns en uppenbar risk att hela hennes liv kom att kretsa uteslutande omkring de frågor som hängde samman med hennes ursprung och hennes livs rötter. Det fick bara inte bli så. Hon måste kunna hantera både den delen av sitt liv och allt annat som krävdes av henne som en yrkeskvinna mitt i livet. Visst var ursprungsfrågorna viktiga, men nuet var ändå det som kunde påverkas och som skulle levas. Varje människas historia hade sitt värde men bara insatt i den dagliga verkligheten. Det fick hon inte glömma bort i sitt ibland alltför intensiva letande efter de rötter som hon fortfarande saknade.

Måndagen hade inte blivit som hon önskat. Det visade sig när hon kom till sitt kontor att klockaffären hade semesterstängt just den här veckan. Kanske borde hon ha känt till det, men hon var inte säker på att hon hört något om detta senast hon såg en skymt av Uno Lövgren.

Hennes besvikelse hade varit mycket större än hon själv kunde förstå. Djupt i hennes inre hade hon känt det som en stor tomhet, som om hon missat något mycket väsentligt, som om hon slarvat bort något som hon borde ha varit mera rädd om.

Nu var det förstås inte på det sättet. Uno Lövgren skulle ha en veckas ledigt, kanske åka någonstans, och det var väl inget konstigt med det. Någon gång måste naturligtvis även han ta ledigt.

Nåja, hon hade kommit över den första besvikelsen och insett att det inte var hela världen. Allt stod och föll inte bara för att det inte blev riktigt som hon tänkt, som hon hoppats och lite grann planerat inför. Även om en veckas väntan kändes som en evighet just när hon stod vid hans dörr och läste det kortfattade meddelandet om att affären var stängd hela veckan.

Det hade funnits arbetsuppgifter att ta sig an och den ena dagen efter den andra hade förbrukats. Nu när det var fredag var känslan tvärt om en förvåning över att arbetsveckan redan var till ända.

Innan hon lämnade Kornlanda hade hon hastat in i några affärer för att inte behöva åka till Bertas affär det första hon gjorde när hon kom hem. Visst försökte hon handla så mycket som möjligt hos Berta, men ibland var det lite smidigare att passa på när hon ändå var i stan. Allt fanns ju inte i den mindre affären i Kungsfors även om hon gärna tillstod att sortimentet var imponerande när man betänkte hur begränsat utrymme som den manhaftiga handels- kvinnan hade till sitt förfogande. Åren som hon drivit affären hade förstås gett henne en fingertoppskänsla för vad som måste finnas hemma och vad kunderna inte saknade om det inte fanns i hyllorna.

Monica måste erkänna för sig själv att hon tyckte allt bättre om den robusta och talföra kvinnan som troligtvis stod henne mycket närmare än hon haft en aning om när hon första gången steg in i affären i Kungsfors. Det var något äkta, något förtroendeingi- vande, något tillförlitligt som mötte de människor som passerade affären. Visst fanns där också förmågan eller viljan att snappa upp nyheter och förmedla dem vidare, men det var nog inte många som ville påstå att Berta var en sladderkärring. Nej, hon hade en resning som helt klart var ett arv från hennes mor, den stabila och respekterade Lovisa Lagberg.

Likheten mellan de båda syskonen Lagberg var inte på något sätt iögonfallande. Visste man inte om det skulle nog aldrig tanken på ett nära släktskap dyka upp. De var nog mera att betrakta som natt och dag när det gällde syskonlikhet. Om Berta hade fått med sig det mesta av Lovisas karaktär och personlighet var det förmodligen så att Valter bar på ett farsarv som inte hade samma kvalitéer.

Monica suckade lite för sig själv där hon satt och upptäckte att det mesta som förmedlats i det på- gående nyhetsprogrammet gått henne spårlöst förbi. Det var tankarna, dessa ständigt återkommande tan- kar, som åter hade lagt beslag på hela hennes upp- märksamhet. Hon måste verkligen skärpa sig så hon inte missade väderrapporten också.

När meteorologen gett henne information om morgondagens väder, vilket i för sig inte var någon garanti för att det blev så, stängde hon av apparaten och tog en runda till köket för att ordna någon form av kvällsmat innan det var dags att uppsöka sängen. Blev vädret som utlovat var det en sak som hon bestämt sig för att göra någon gång under lördagen. Hon hade skjutit på det men nu skulle det bli av. Även om det inte direkt lockade henne var hon ändå helt klar över att hon måste besöka kyrkogården vid sockenkyrkan. Hon måste leta upp den grav som borde finnas där någonstans. Graven där hennes biologiska pappa vilade. Eller där den man som troligtvis var hennes pappa hade fått sitt sista vilorum på den här jorden.

Hon hade en diffus känsla av att det skulle kunna ha en viss betydelse för hennes möjligheter att en gång för alla lämna frågan bakom sig.

Det blev smörgås och en kopp te till kvällsmat. Hon hade först haft ambitionen att anstränga sig lite mera, men när hon öppnade kylskåpet kände hon hur trött hon var efter veckans arbete. Alla goda föresatser att ha en varierad och hälsosam kost rann av henne och i ett försök att muta sitt samvete lovade hon sig själv att nästa vecka skulle det bli ändring på den här punkten.

Nu var det bara sängen som lockade. Nu ville hon bara sova. Nu ville hon inte tänka på något alls, bara lägga huvudet på kudden och sväva bort från allt.

Lördagsmorgonen verkade svara emot den väderprognos som hon snappat upp föregående kväll. En stilla vind smekte hennes ansikte när hon sökte sig ut på trappan med en välfylld frukostbricka. Hon var nästan lite imponerad själv när hon betraktade det hon lyckats åstadkomma. Såg man på den här frukostens innehåll fanns det goda chanser att hon skulle lyckas infria de löften som hon gett sig själv innan hon gick till sängs.

Det fanns en del moln på himlen, men här och var syntes blå gluggar och precis där hon slog sig ned nåddes hon av solens värmande strålar. Hon blundade med ansiktet vänt mot solen och kände sig priviligierad som fick bo så här. Som kunde öppna dörren och vandra rakt ut i den välkomnande och omfamnande natur som omgav hennes stuga. Värmd av solen och smekt av vinden gnolade hon på nytt den där lilla strofen som verkligen bitit sig fast i hennes medvetande.

"Blicka mot himlen opp"

Frukosten fick ta den tid den krävde när det var lördag. Hon hade inget som direkt stressade. Inget som krävde att hon blev klar till ett visst klockslag. Även om hon hade vissa planer för dagen var de mycket flexibla. Det räckte att ruta in de andra veckodagarna i någon form av schema. Lördagen och söndagen skulle ha sin egen rytm.

Att ha en dag i veckan då man slog av på takten och lät både kropp och själ få tid till återhämtning var nog ingen dum idé. Hon började få en viss förståelse för Maj-Britt Jonssons ovilja att inkräkta på söndagen med arbete som mycket väl kunde utföras en annan veckodag. Tanken var fortfarande ny för henne, men den var värd att ägna lite tid åt.

När frukostdisken var avklarad tog Monica sin cykel och började trampa mot Gamla Norrsjö kyrka. Det var inom den socknen eller församlingen som Dörja hörde hemma och det borde vara på den kyrkogården som den gamle Lagberg blivit begravd. Något annat alternativ var knappast möjligt.

28

På väg till kyrkan och kyrkogården passerade hon Kungsfors och såg att det redan var några kunder hos Berta. Hon hade ändå inte tänkt stanna till den här gången. Konstigt nog kändes det nästan som om hon var ute på olovliga vägar med tanke på det ärende som hon hade. Som om hon helst inte ville att någon skulle veta att hon tänkte sig till kyrkogården för att leta upp en bestämd grav.

Hon försökte skaka av sig de besvärande tankarna. Hon hade väl inget att dölja. Hon hade väl all rätt i världen att göra ett besök på den kyrkogård som, om hennes boende i Dörja blev bestående, med tiden skulle bli även hennes sista plats på jorden.

Det kändes inte behagligt att börja tänka i sådana banor. Hon var ju ung och frisk och hade en stor del av livet framför sig. Varför skulle hon tänka på döden, på livets upphörande, när allt runt henne talade om raka motsatsen.

Monica lyfte blicken och de tunga tankarna skingrades när hon såg hur molnen spruckit upp och att himlen snart skulle vara helt blå.

Det var inte många kilometer till Gamla Norrsjö kyrka. Snart skymtade hon klockstapeln bortom några åkrar och en dunge med träd. Hon svängde in på vägen som ledde till kyrkans parkering och vidare mot det äldreboende som var beläget så vackert vid sjön bortom kyrkan.

Just idag slog henne plötsligt tanken att ett besök bland de äldre kanske skulle vara en idé att omsätta i handling. Kanske fanns det någon där som visste lite mer omkring det som hon sökte svaren på. Hon log lite för sig själv över att den tanken inte funnits hos henne tidigare.

Monica lutade cykeln mot stenmuren som omgav den välskötta kyrkogården och steg in genom grinden. Där blev hon stående en stund för att liksom samla sig innan det var dags att börja vandringen på de krattade grusgångarna. Hon hade inte en aning om var hon skulle börja sitt letande. Det fanns väl inget annat att göra än att ta det metodiskt.

Hon vandrade sakta och läste de olika namnen på de stenar som markerade de olika gravarna. Det var en märklig känsla att gå så här och möta namnen på en massa människor som en gång i tiden trampat de marker där hon nu hörde hemma. Visst hade hon besökt kyrkogårdar vid olika tillfällen. Det var inte så länge sedan hon varit vid sina föräldrars grav och sett till att allt var som det skulle. Men ändå kändes det på ett helt annat sätt att befinna sig på Gamla Norrsjö kyrkogård. Det kunde inte jämföras med något annat.

Det blev ganska många steg och vändningar innan hon plötsligt såg namnet på stenen. Namnet som hon spanat efter med blandade känslor. Det namn som varit en hemlighet för henne ända tills nu. Hon stod alldeles stilla och bara stirrade.

"Lagbergs familjegrav" stod det på den rejält tilltagna och mycket vackert formade stenen. Därunder fanns det bara ett enda namn.

"Valter".

Hur var detta möjligt? Eller var det kanske inte den familjen Lagberg hon kände till som den här graven tillhörde? Fanns det fler familjer Lagberg i Gamla Norrsjö socken? Ja, varför inte?

Monica tog ett steg tillbaka och betraktade graven med en djup rynka i pannan. Allt talade egentligen för att det var Lovisa Lagberg och hennes barn som sett till att familjegraven ordnades och att dess sten skulle vara av den storleken och det utseendet att den inte bara blev en i mängden.

Men Valter!

Det knastrade i gruset bakom henne och när hon vände på huvudet mötte hon Valter Lagbergs forskande blick. I handen hade han en liten kratta. När hans blick mötte hennes kunde hon ana hans förvåning blandad med en märklig glimt av tillfredsställelse.

– Monica Björkengren! Så du har hittat till kyrkogården en sådan här vacker dag. Hur kan det komma sig?

Monica mötte hans blick fast hon helst hade låtit bli. Hon kände sig ertappad på något sätt.

Avslöjad.

– Ja, det är faktiskt första gången, sa hon och kände att rösten ändå bar. Jag har bara passerat förbi ute på vägen några gånger men tänkte att jag skulle ta mig en närmare titt.

– Ja, det är ju inte förbjudet, log Valter och tog ett steg närmare. Jag blev kanske bara lite förvånad eftersom du ju inte är från de här trakterna. Det brukar mest vara anhöriga och andra närstående till dem som ligger här som besöker kyrkogården.

– Så är det säkert. Men jag kan nog säga att jag alltid har haft ett visst intresse av att besöka gamla kyrkor och då även ta en titt på den omgivande kyrkogården. Man får på något sätt ett större historiskt perspektiv när man stannar till vid gravstenar av olika ålder och utseende.

Hon tyckte själv att förklaringen lät ganska bra även om den kanske inte var helt i linje med sanningen. Hennes intresse för gamla kyrkor och gamla gravstenar hade nog varit ganska begränsad hittills.

Valter nickade men såg lite konfunderad ut. Som om han inte riktigt kunde ta henne på orden. Som om han misstänkte att den förklaring han fått inte var den verkliga orsaken bakom hennes besök på kyrkogården.

Det irriterade Monica.

– Du kanske undrar över namnet på stenen som du var så intresserad av när jag kom, sa han och sökte hennes blick på nytt igen. Jag kan förstå om du blev lite fundersam.

Han tystnade som om han väntade på någon form av bekräftelse från hennes sida. Det tänkte hon inte ge honom.

Det blev tyst en stund innan Valter fann för gott att fortsätta:

– Min far hette Valter Lagberg, sa han. Jag heter egentligen Sven-Valter, men sedan far gick ur tiden har jag slutat att använda dubbelnamnet. Det blir så långt och krångligt i många sammanhang. Så nu heter jag bara Valter Lagberg. Precis som far, min och Bertas far.

Monica nickade lite för att signalera att hon hört och förstått. Det fanns knappast någon anledning för henne att kommentera det som Valter berättat. Det var ju en enkel och inte alls så långsökt förklaring till varför far och son hade samma namn.

Men varför lade han till den sista passusen? Varför måste han poängtera att det handlade om hans och hans systers far? Var det för att förtydliga att några andra barn till Valter Lagberg den äldre fanns det inte? Att det bara var han och Berta.

Visste han något mer eller var det något som han lärt sig med tanke på de historier och rykten som tydligen florerat omkring Valter Lagberg den äldre?

Monica kom ihåg Tage Perssons ord om den gamle Lagberg som han hade kallat honom. Orden om att det säkert fanns flera i bygden som skulle ha kunnat kalla honom pappa, men som aldrig fått den möjligheten. Eller som sluppit att kopplas samman med den man som tydligen inte haft det bästa ryktet. Allt beroende på hur man såg på den saken.

Var det den enkla anledningen till att Valter Lagberg kände det angeläget att förtydliga vilka barn som kallade Valter Lagberg den äldre för pappa? Anade han att Monica fått information om den lagbergska historien eller visste han rent av att hon varit på besök hos hans mor och fått sig till livs en historia som han måste försöka dementera? Kände han till det som Lovisa berättat om?

Någon anledning måste det trots allt finnas. Valter Lagberg var nog inte en person som bara kastade ur sig något så där utan vidare.

De stod tysta en stund med blickarna riktade mot den pampiga gravstenen. Monica tyckte inte att hon hade så mycket mer att säga. Det verkade inte som om den annars så vältalige Valter kände något större behov att hålla samtalet igång heller. Som om han för en gångs skull hellre teg än talade.

För att inte göra situationen pinsam nickade Monica mot Valter och drog sig sakta bort från graven och närheten till mannen som kanske var hennes halvbror.

Visste han det eller visste han det inte?

Fjärde kapitlet

När Monica närmade sig sitt hem såg hon att det stod någon alldeles utanför lutad mot en cykel. Personen tycktes vara mycket intresserad av vad som fanns inne i trädgården eller var det kanske huset som var föremål för en närmare granskning.

På håll kunde hon inte avgöra om det var någon som hon borde känna igen. När hon kom lite närmare ryckte personen till och vände ansiktet mot hennes håll. Han, för det var en man, hade en lite slokande hatt på huvudet och såg ut att vara ganska slarvigt klädd. Monica tog det lite lugnt den sista biten. Hon kände sig osäker på hur hon skulle hantera mötet med den okände.

Då hon stannat några meter från mannen lyfte denne på hatten i en överraskande elegant rörelse och log ett lite tandlöst leende.

– Ursäkta om jag tränger mig på, sa han med en ovanlig klang i stämman. Jag brukar cykla här förbi några gånger varje sommar. Förra sommaren såg det mest ut som en byggarbetsplats men nu ser det väldigt fint och trevligt ut måste jag säga. Är det kanske till att bo här?

Monica betraktade den lite underliga figuren framför sig men kom snabbt fram till att han nog inte utgjorde någon fara för hennes del. Hon log ett av sina varma leenden mot honom och tog några steg närmare för att markera sin positiva inställning.

– Ja, det stämmer att det är jag som bor här nu, sa hon. Jag flyttade in i början av året. Ja, jag var här några gånger innan dess också, men nu bor jag permanent här. Ni var kanske bekant med dem som bodde här tidigare?

Mannen satte på sig hatten igen och strök sig om den orakade hakan.

– Det kan man nog svara både ja och nej på, sa han. Under några år har det väl mest varit ett sommarboende, och dom som var här då blev jag aldrig bekant med, men innan dess bodde ju Larssons här. Ja, det var nog flera generationer Larsson om jag inte är fel underrättad. Jag kände i alla fall dom sista Larssons som bodde här innan huset blev sommarställe för några av deras släktingar. Dom blev de sista som bodde här året om, Rut och Holger. Ja, innan ni flyttade in förstås...

– Så ni brukade komma här förbi också på den tiden? Monica kunde inte hjälpa att hon blev en aning exalterad inför möjligheten att få prata med någon som kanske kunde förmedla lite historik omkring huset som nu var hennes.

Mannen nickade.

– Har ni tid att komma med in i trädgården en stund? Jag skulle bra gärna vilja veta lite mer om människorna som bodde här tidigare.

Mannen nickade igen.

– Jag har kanske inte så mycket att bjuda på, men något ska jag väl kunna ordna, fortsatte Monica. Om ni vill och har tid förstås...

Mannen nickade för tredje gången utan att säga något så Monica tolkade det som ett jakande svar och gick före in mot huset. Mannen tog sin cykel och följde efter.

– Vad vill ni ha? Kaffe eller något annat?

Mannen plirade lite lurigt emot henne och med sitt tandlösa leende, den slokande hatten och den minst veckolånga skäggstubben såg han ganska festlig ut, tyckte Monica. Hon fick riktigt anstränga sig för att inte dra för mycket på munnen inför åsynen av honom. Hon ville ju inte göra honom generad eller negativt inställd.

– Det finns möjligen inte lite öl?

Monica skakade på huvudet. Så långt hade hon inte tänkt när hon lite impulsivt inbjöd den främmande mannen. Men när hon tänkte efter borde det inte ha varit så långsökt att tro att det fanns ett sådant intresse hos den originelle besökaren.

– Nja, jag vet inte, sa hon lite dröjande. Öl är inte precis min favoritdryck.

– Nänä, sa mannen och leendet dog ut lite grann. Nä, det kan man förstås begripa. Kaffe går bra det också.

– Slå er ner så kommer jag strax tillbaka.

Hon gjorde en gest mot trädgårdsmöblerna och mannen, som ställt sin cykel mot husknuten, var inte sen att sätta sig i en av de nyinköpta stolarna och vända ansiktet mot solen.

Medan Monica stökade i köket för att åstadkomma något som blev lite mer än bara en kopp kaffe men ändå inte någon riktig lunch funderade hon över varför hon inbjudit den främmande mannen. Hon blev inte riktigt klok på sig själv. Gång på gång var det som om hon överraskades av sitt eget handlande. De impulsiva besluten som hon gång på gång tycktes fatta. Det var inte likt henne.

Det är väl miljön, tänkte hon. Jag har ju tydligt känt att jag blivit som en annan människa sedan jag flyttade hit. Sånt som jag inte ens tänkte på förut har blivit alltmer naturligt att både tänka och göra.

Den äldre mannen satt bekvämt tillbakalutad i stolen när hon kom med brickan. Hon kände hur hans plirande blick följde varje steg hon tog från det att hon klev ut på trappstenen.

Monica slog upp kaffet och sköt fram fatet med de smörgåsar som hon i en hast hade lyckats åstadkomma. Hon såg att det lyste till lite extra i mannens ögon när han såg smörgåsfatet. Han var säkert hungrig.

– Varsågod, sa hon med ett leende.

Mannen nickade och tog för sig. Han smackade belåtet medan den ena smörgåsen efter den andra försvann från fatet. Monica kände inte samma hunger. Hon var mest nyfiken på vem han var och varför han hamnat i hennes trädgård. Den senaste tidens händelser hade på något sätt lärt henne att inget bara var en slump. Det fanns ofta något mera bakom de upplevelser och händelser som kantade en människas väg genom livet.

– Så ni kände alltså Larssons som bodde här för ett antal år sedan, sa Monica för att försöka få igång någon form av dialog med sin gäst. Hur länge sedan kan det vara egentligen?

Mannen nickade och tog ännu en smörgås.

– Joo, sa han och gjorde ett litet uppehåll i sitt ätande. Joo, nog kände jag dom alltid. Jag brukade alltid titta in till dom när jag hade vägarna förbi. Dom var nog bland de snällaste människor jag nånsin har träffat. Bjöd alltid på något, oftast var det rejäl mat som Rut serverade. Jaja, missförstå mig inte nu. Det här var också rejält bjudet...

De glittrande ögonen mötte Monicas och hon kunde inte låta bli att dra på munnen. Vem han än var, hennes hittills namnlöse och okände gäst, så var han en trevlig bekantskap så här långt. Hon ångrade inte en sekund att hon fallit för första tanken och bett honom komma in.

Men något mer ville hon ändå ha ut av sitt initiativ. Hon kände på sig att det fanns intressant information att få från den lite udda mannen i de slitna kläderna. Men hon skulle gärna vilja veta vem han var, vad han hette och varifrån han kom.

Det gällde bara att få igång någon form av samtal.

– Hade de några barn, Rut och Holger?

Mannen strök sig belåtet om munnen sedan han svalt den sista biten av smörgåsarna och tömt sin tredje kopp kaffe. Han tittade lite förvånat på Monica innan han tycktes bestämma sig för att svara på hennes fråga.

– Barn, upprepade han. Nej, inte hade dom några barn. Dom var ju syskon.

– Åh, var det på det sättet. Det var alltså ett syskonpar som bodde här innan huset blev sommarställe för gott. Det visste jag inte. När flyttade de härifrån?

– Man kan kanske säga att dom flyttade, men i så fall blev det en flytt till kyrkogården. Eller kanske lite högre opp och man har den tron...

De glittrande ögonen borrade sig nästan in i Monica. Inte direkt obehagligt men ändå lite för närgånget. Hon kände sig plötsligt skärskådad av den märklige besökaren. Som om han försökte pejla hennes inställning till vad som hände med människan efter döden.

– Holger dog först, men jag tror inte att det gick mer än ett par månader förrän Rut var färdig med livet hon också. Dom kunde nog inte leva utan varandra dom där båda syskonen. Dom var lite speciella, men som jag sa tidigare så var dom de allra snällaste man kan tänka sig.

Han tystnade och betraktade Monica med en blick som hon hade lite svårt för att hantera. Hon blev mer och mer konfunderad när det gällde den på sätt och vis objudne gästen.

– De var särskilt snälla mot dom som hade det lite knepigt i sina liv, fortsatte han så efter en stunds tystnad. Det var nog ganska många här i byn och runt omkring som sökte upp dom för att prata av sig. Jag tror att många tyckte det var lättare att prata med Rut och Holger än med prästen. Det var nog så...

Han tystnade igen och kliade sig lite bakom örat.

– Få se nu. Det måste ha varit femtioåtta eller femtionio som dom gick hädan. Jo, det var bestämt torrsommaren femtionio. Det var så torrt och hårt i backen att det var besvärligt att gräva graven när det var dags för begravning. Jag minns det för jag brukade få rycka in och hjälpa till ibland på kyrkogården.

– Inte längre sedan ändå, sa Monica. Jag trodde nog att det hade varit sommarställe bra mycket längre. Varför vet jag inte. Men bodde ni här i närheten då eftersom ni arbetade en del på kyrkogården?

Mannen nickade. Det verkade vara en vana han hade för att slippa använda mer ord än nödvändigt.

Nu kunde Monica inte hejda sig längre. Nu måste hon få veta vad han hette. Det gick inte an att sitta här och prata med en människa som man inte hade något riktigt namn på.

– Förlåt, men vi har visst inte presenterat oss för varandra, sa hon och sökte mannens blick. Jag heter Monica Björkengren. Och så kan vi kanske säga du till varandra. Det blir så onödigt krångligt att hålla på att nia hela tiden.

Hon räckte handen mot mannen som med en viss tvekan tog hennes hand.

– Arvid, sa han. Arvid Svensson.

Han strök sig om hakan och tycktes fundera över om han borde tillägga något mer om sig själv.

– Jag bodde inte i byn då, fortsatte han. Men jag har bott i Dörja tidigare och arbetat här också. Extraarbetet på kyrkogården fick jag behålla även om jag flyttat en bit bort. Jag bor för all del inte så värst långt härifrån nu heller men jag har väldigt lite med Dörjaborna att göra. Jag har en känsla av att dom tycker jag är lite konstig. Det är jag kanske också, men inte värre utan att jag klarar mig. Jag vet nog mer om en hel del av dom än de har en aning om. Saker som dom nog helst vill hålla för sig själva. Det finns en hel del under ytan i den här byn, det ska du veta.

Han kikade under den lugg som han kanske en gång i tiden hade haft och ett knipslugt leende bredde ut sig över hans ansikte vid de sista orden.

Monica hajade till.

Det finns en hel del under ytan. Var det inte precis så som hon hade upplevt det också? Det var ju den upptäckten som hon gjort sedan hon kom till Dörja by. Och hon hade en bestämd känsla av att det fanns mer som hon ännu inte fått tag i.

Kanske inte i första hand under ytan. Kanske ännu mer om hon lyfte blicken. Om hon vidgade både sin inre och sin yttre horisont.

"Blicka mot himlen opp", tonade det inom henne när hon någon timme senare såg Arvid Svensson sätta sig på cykeln och trampa vidare.

Mötet och samtalet med den originelle besökaren hade gett henne en hel del att tänka på.

Sånt som hon absolut inte hade förväntat sig.

Sånt som hon måste ägna tid åt och bearbeta.

Sånt som hon måste få hjälp med att reda ut på något sätt.

Femte kapitlet

Tages leende var lite svårtolkat där han satt vid köksbordet och mötte Monicas lite undrande blick.

– Så du har alltså haft besök av Arvid på Sniskan, sa han. Ja, han kallas så fast det är ett bra tag sedan han bodde på Sniskan. Fast du kanske inte vet vilket ställe det är som kallas Sniskan?

Monica skakade på huvudet.

– Det är i alla fall första huset på höger sida när du kommer från det här hållet. Det är kanske inte helt rätvinkligt i alla hörn det där huset så namnet är väl inte direkt taget ur luften.

Tage skrockade lite.

Monica nickade och log även om hon inte riktigt fattade poängen.

– Jag tror att han flyttade därifrån under tiden som jag var ute på sjön, fortsatte Tage. Men namnet har han fått behålla. I alla fall bland oss som är ungefär jämngamla med honom. Ja, han är väl kanske tio år yngre än jag, men i den här åldern spelar inte några år så stor roll. Nu bor han någon mil härifrån, men han brukar med jämna mellanrum ta sig en sväng på sin cykel åt det här hållet.

– Jag förstod det. Han verkade veta vad som händer i Dörja och trakterna häromkring.

– Ja, jag tror nog att han håller reda på det mesta, sa Tage. Han kan kanske verka lite underlig, nästan lite enfaldig, men skenet bedrar. Det påstås att han var en av skolans allra duktigaste elever, men att det hände något som gjorde att han slog alla planer på att läsa vidare ur hågen. Jag vet inte riktigt vad det var som inträffade, men mot slutet av sista terminen i skolan började han dra sig undan från både jämnåriga och andra. På det viset blev han ganska snart ansedd vara lite egen, lite avvikande, lite svår att förstå sig på. Sedan ökade väl på något sätt avståndet mellan Arvid och övriga unga i byn...

Tage tystnade och tog sig om hakan.

– Han hade i alla fall en hel del att komma med när vi pratades vid, inflikade Monica. Jag måste säga att jag blev lite överraskad av de tankar och funderingar som tycktes röra sig i hans inre. Det var inte det vanliga pratet om väder och vind precis.

Tage log igen.

– Det förstår jag. Arvid är en tänkare, den saken är klar, men ibland kanske han går lite för djupt i sitt tänkande. Det känns som om han nästan tappar fotfästet i sina resonemang. Han brukar dyka upp här hos mig ett par gånger om året och då kan vi bli sittande ganska länge och filosofera om både det ena och det andra.

Det var tyst en stund vid Tage Perssons köksbord. Monica funderade lite över varför hon egentligen bestämt sig för att göra ett besök hos Tage. Men Arvid Svenssons besök hos henne hade inte bara gett henne vissa upplysningar. Det hade kanske i ännu högre grad skapat nya frågor och för att lufta dessa med någon hade hon slagit en signal till Tage för att höra om han hade tid för henne en stund. Någon annan hade hon inte kunnat tänka sig att dela sina tankar med.

Hon hade tydligt uppfattat att Tage hade blivit lite fundersam när han förstod orsaken till Monicas önskan att träffa honom. Han hade inte sagt så mycket mer i telefonen men hon kände på sig att det blev mera angeläget för honom att ha en pratstund på tu man hand. Att hennes funderingar gällde hennes sökande efter sina djupast liggande rötter hade han förstås begripit direkt.

De hade pratat en gång till omkring de frågetecken som fanns omkring hennes tillblivelse. Inte heller den gången hade Tage sagt rent ut att det måste ha varit den gamle Lagberg som förgripit sig på den unga Lilian. Men misstanken hade ändå funnits där mellan raderna. Tages antydningar tillsammans med det hon fått veta genom Lovisa Lagberg bildade ett mönster som på något sätt lät bilden av vad som hänt tona fram.

De fragment som hon fått genom Arvid Svensson hade kanske inte ändrat så mycket på hennes antagande att det var Valter Lagberg den äldre som var hennes pappa, men ändå var det som om den underlige mannen sått ett litet frö av tvivel.

Kunde det vara någon annan?

Ja, hon måste förstås inse att det var fullt möjligt även om hon inte hade några idéer om vem det i så fall skulle kunna vara.

Tage var ju utesluten. Det hade han så tydligt låtit henne förstå den där gången då hon fått veta om den relation som han haft till hennes mamma. Så från en sida sett ville hon nog inte att det skulle finnas några alternativ. Då var hon ju tillbaka på ruta ett igen och det kändes absolut inte bra. Men från en annan sida sett hade hon kanske inte haft något emot att det var någon annan, vem som helst, som var hennes pappa. Att vara en del av den lagbergska släkten kändes inte helt tilltalande. Och om det kunde vara någon annan fanns ju också möjligheten att denne någon skulle kunna finnas i livet och att hon skulle kunna...

Hon vågade inte tänka tanken till slutet.

Tage harklade sig och såg länge in i Monicas rådvilla blick. Det fanns en blandning av både ömhet och smärta i hans ögon.

– Du brottas fortfarande med frågan om vem som kan vara din pappa, sa han. Jag ser det på dig. Arvid har kanske fått dig att fundera över min delaktighet i det som hände. Du undrar om jag verkligen sagt dig hela sanningen när jag påstått att jag inte var tillsammans med din mamma på det sättet. Att jag skulle ha försökt skylla ifrån mig, försökt skylla på någon annan...

Rösten bröts av den inre rörelse som överväldigade den äldre mannen.

Monica skakade på huvudet och slog ned blicken.

– Förlåt mig Tage, sa hon, men det är inte så att jag vill tvivla på dina ord. Eller jag menar kanske att jag inte vill misstro dig som person. Om det finns någon i den här byn som jag känner ett stort förtroende för så är det du. Det vill jag att du ska veta. Men det finns ju inga riktigt konkreta bevis för någonting och Arvids besök gjorde kanske inte frågan enklare för min del.

Hon tystnade och snöt sig.

Så lyfte hon huvudet och mötte på nytt hans blick.

Tage smålog. Ett lite vemodigt leende.

– Monica lilla, sa han. Det gör så ont i hjärtat när du ser på mig på det där sättet. Du anar inte hur mycket av min älskade Lilian som jag ser i dig. Det är så mycket som kommer upp till ytan på nytt igen. Så många minnen som tränger sig på...

Monica såg tårarna som trängde fram i den äldre mannens ögon och kände sig skyldig.

– Förlåt, sa hon och kände hur rösten hade svårt för att bära. Förlåt, det var absolut inte min mening att göra dig ledsen.

Tage böjde sig fram och strök henne över kinden med en hand som var märkt av tidens gång och hårt arbete.

– Så får du inte tänka. Jag är uppriktigt glad över att du vill prata med mig om de här sakerna. Även om det gör ont så blir det någon form av befrielse också. Som om jag äntligen kan ge det som hänt de rätta proportionerna i mitt nuvarande liv. Jag ska nog vara tacksam över att du kommit in i mitt liv. Det, det kan inte bara handla om en slump att du hittade hit till Dörja och till min stuga...

Han tystnade och svalde.

Monica grep hans hand med båda sina händer och kramade den så hårt hon kunde. Åh, vad hon önskade att det hade varit hennes pappas hand! Hennes riktiga pappas hand!

Tänk om Tage hade hunnit först, tänkte hon. Om han inte hade haft en sådan respektfull kärlek till hennes mamma som han låtit henne förstå att han haft. Om han varit lite mer som de flesta unga män tycktes vara. Om det hade funnits något uns av möjlighet i det som börjat ta form i hennes tankevärld efter mötet med den märklige Arvid Svensson. Det önsketänkande som liksom bitit sig fast i hennes inre.

Fast då hade hon förstås inte funnits alls. Då hade det väl varit ett helt annat barn som blivit resultatet.

Hon tvingade sig ur sina märkliga funderingar. Nu måste hon tillbaka till verkligheten, till det liv som var hennes liv här och nu.

Hon kunde inte hålla på att gräva ned sig i det förgångna. Hon kunde inte ägna så stor del av sin tankeverksamhet åt att fortsätta sitt sökande under den yta som hon lyckats ta sig igenom under den senaste tiden.

Nu måste hon se framåt. Nu måste hon lyfta blicken. Nu måste horisonten vidgas. Något annat sätt att komma vidare mot ett eventuellt svar fanns inte.

– Nu tar vi lite kaffe innan vi pratar vidare, sa Tage och lösgjorde sig från Monicas grepp. Om du tror att det finns mer att prata om just nu. Jag vill inte styra dina tankar, men om jag kan hjälpa dig på något sätt så vet du att jag gärna gör det. Jag kan kanske inte bidra med så mycket mer än det du redan fått, men jag kan finnas här...

Monica nickade.

– Du har rätt, sa hon och kände hur mycket normaliserades därinne i hennes tankevärld. Jag hoppas att du har bakat bullar.

Tage skrattade.

Ett befriat skratt.

Ett befriande skratt.

– Det kan du skriva upp att jag har, sa han. Här ska det alltid finnas bullar. Man vet aldrig när det dyker upp någon som är i behov av Tages bullar.

– Men du kan väl berätta lite mer om Arvid på Sniskan. Jag har fäst mig lite extra vid den mannen. Det verkar mest vara gamla gubbar som blir mina förtrogna här i Dörja.

Hon skrattade och gav Tage en klapp på kinden.

– Först kaffe, sa Tage.

Vid kaffebordet fick Monica vet en hel del om Arvid på Sniskan.

Arvids mor hade flyttat in i huset som kallades för Sniskan när Arvid var nyfödd. Varifrån hon hade kommit visste inte Tage, men att det inte var från det allra närmaste grannskapet var han så gott som säker på.

Byborna tyckte att Hilda Svensson var lite annorlunda. Att hon inte pratade som andra dörjabor. Hon höll sig lite för sig själv så det dröjde ganska länge innan hon och hennes son kom att smälta in bland övriga i bygden. Det pratades nog en hel del om den ensamstående mamman på gårdarna och i stugorna. Men efter några år var det ändå som om de alltid bott där på Sniskan.

– Det sas att det var den gamle Lagberg som såg till att de fick flytta in där.

Det här var förstås bara sådant som Tage hört berättas. Han bodde ju inte själv i Dörja vid den tiden. När han köpte sitt ställe och flyttade till byn var Svenssons på Sniskan några bybor precis som alla andra. Åtminstone i hans ögon.

– Det pratades en hel del bakom ryggen på Arvid, sa Tage och tog en klunk av det heta kaffet. Jag skulle nog vilja påstå att en del av byborna inte var speciellt finkänsliga när det gällde att ha synpunkter på honom och hans lite märkliga sätt att uppföra sig på. Att han inte hade någon pappa spädde väl också på en del. Det var nog inte lätt för honom alla gånger.

– Menar du att man medvetet gjorde livet svårare för honom, undrade Monica.

Tage nickade.

– Det skulle man nog kunna säga. Men den gamle Lagberg tycktes ha en annan inställning vid den tiden. Han gav Arvid arbete på gården och i skogen när han slutat skolan. Det förvånade nog en del av dem som menade att Arvid Svensson inte var att lita på. Om jag inte minns fel så hade han arbete hos Lagbergs när Lilian...

Han tystnade och bet sig i läppen.

– Det var det jag anade, sa Monica med låg röst. Han sa det inte rakt ut till mig, men på något sätt framkom det ändå när vi satt och pratades vid. Jag fick en sådan underlig känsla av att han på något sätt anade vem jag är. Ja, kanske ännu mer än så. Det kändes som att han mer eller mindre visste det. Han gav mig sådana märkliga blickar vid flera tillfällen, liksom igenkännande. Och så hade han någon kommentar om mitt utseende också...

– Kunde tro det, sa Tage. Kunde just tro det. Du ska veta att du inte är helt ensam om att försöka hitta svaret på vad som egentligen hände på Lagbergs gård det där olycksaliga året. Att Arvid kanske sitter inne med delar av svaret är väl inte helt uteslutet, men jag tillåter mig att tvivla på det. Men jag kan ha fel...

Tage tystnade och svalde.

– Jag fick ändå ett intryck av att han var ute efter att sondera terrängen på något sätt, sa Monica. Ibland fick jag nästan en känsla av att han inte bara var ute i egna ärenden, men det vill jag låta vara osagt. Han hade en del lite svårbegripliga kommentarer som jag inte riktigt hängde med på måste jag nog erkänna. Men ändå kändes det bra att han dök upp och att vi fick möjlighet att prata med varandra.

– Arvid är snabbtänkt, sa Tage. Det döljer sig en knivskarp hjärna bakom det något förfallna skalet. Jag tror att han medvetet klär sig och uppträder som han gör för att ingen ska känna sig i underläge inför honom.

– Har han, har han pratat med dig om min mamma och hennes öde?

Tage dröjde med svaret. Det verkade nästan som om han försvann från nuet och förirrade sig bland minnen från långt tillbaka i tiden.

Han blundade och masserade sitt ben.

– Har han gjort det?

Monica ville inte släppa frågan.

– Det kan man nog säga, sa Tage slutligen och fortsatte att massera sitt ben. Han har allt tagit upp ämnet med mig vid mer än ett tillfälle. Det är som om han inte kan släppa tanken på Lilians öde. Som om han på något underligt sätt känner sig delaktig i att det blev som det blev. Han säger det aldrig rent ut, men det finns där mellan raderna. Han har förmodligen lagt ihop och dragit ifrån efter eget huvud och menat sig komma fram till något. Men eftersom jag inte har varit så intresserad av att spekulera tillsammans med andra har jag försökt få in honom på andra ämnen. Mina minnen är mina och inget som jag delar med vem som helst. Det jag berättat för dig har jag aldrig sagt till någon annan, det ska du veta. Men det verkar som sagt som om Arvid har svårt för att släppa det hela. Precis som du.

Masserandet fortsatte.

– Har du mera ont i benet nu igen?

Tage skakade på huvudet.

– Nja, det är väl varken bättre eller sämre. Jag får väl dras med den här krämpan, antar jag. Det är väl så när man blir gammal. Det är inte bara fördelar med att bli pensionär och få all tid i världen att göra vad man vill. Det finns andra sidor också och en nedsliten kropp kan vara besvärlig ibland.

– Har du varit hos doktorn? Monica kunde inte låta bli att lägga lite extra tyngd i frågan.

– Nej, det har jag inte. Lite krämpor får man väl räkna med. Det finns säkert andra som bättre behöver doktorernas hjälp.

Monica skakade på huvudet inför hans sätt att resonera, men insåg att det inte var lönt att försöka ändra på det tänkesättet. Det var ett beslut som han måste komma fram till själv.

– Men tror du ändå inte att Arvid kanske vet en del om vad som hände hos Lagbergs när min mamma var där?

Monica ville inte helt släppa ämnet även om hon förstod att Tage inte var så angelägen att fortsätta samtalet i den riktningen. Hon måste få resonera vidare, komma till någon form av slutsats. Även om hon insåg att det kanske var ett hopplöst önsketänkande.

– Jag menar om han arbetade där vid den tiden så hade han kanske en del kontakt med mamma. Jag fick för mig att han försökte antyda det när han var hos mig. Han, han pratade om någon som mycket väl skulle ha kunnat vara min mamma. Det inser jag nu när jag vet att han arbetade på samma gård som hon.

Tage slutade att massera sitt ben och mötte Monicas spörjande ögon.

– Jag tvivlar på det, sa han. Jag kan förstås inte säga att jag är säker, men jag tror inte att Arvid och Lilian hade något särskilt med varandra att göra. Vad jag kan minnas pratade hon i alla fall inte om honom på det sättet. Kanske att hon nämnde hans namn vid något tillfälle så där, men i det stora hela var hon ganska tystlåten när det gällde dem som fanns på gården. Jag tror nog att du gör klokast i att inte fortsätta att gräva i det förflutna. Jag har suttit fast i de här funderingarna alltför länge själv och känner att nu får det vara nog.

Han böjde sig fram och strök henne över håret.

– Någon gång måste man släppa taget och börja se framåt Monica lilla...

Handen på hennes huvud darrade lite och hon såg hur det droppade tårar ner på bordet framför honom. Monica kunde inte heller hålla tillbaka tårarna. Hon lät dem rinna som de ville och innerst inne kände hon en stark önskan att han bara skulle fortsätta att stryka henne över håret så där faderligt...

Sjätte kapitlet

Monica tyckte att det kändes skönt att kunna lämna över slutresultatet av det uppdrag som hon åtagit sig för Valter Lagbergs räkning. Det hade inte varit fritt från komplikationer, men nu var det klart och hon kände det som om en börda fallit från hennes axlar. Nu fanns det inte några direkt legitima skäl för Lagberg att uppehålla någon närmare kontakt med henne.

Hon ryste till lite när hon erinrade sig ett par tillfällen då han dykt upp oanmäld och överraskat henne på ett sätt som hon inte alls uppskattat.

Den ena gången hade han faktiskt, trots hennes tydliga anvisningar att all kontakt skulle ske på hennes kontor, stannat till utanför hennes stuga och utan att fråga om lov klivit på i hennes hem. Hon hade råkat lämna dörren öppen och hörde inte att det stannade en bil utanför. Hon hade precis varit på väg ut ur duschen när han plötsligt stått där i köket och betraktat henne med en blick som inte varit angenäm för henne.

– Ursäkta att jag kommer objuden, hade han sagt med ett leende som han gott kunde ha besparat sig. Dörren stod öppen så jag trodde att det inte var så farligt om jag klev på. Inte kunde jag väl tro att jag skulle möta dig i den här stassen.

Hans blick och leende skvallrade om att han absolut inte hade något emot hennes klädsel. Tvärtom verkade det som om han uppskattade det han såg.

Stassen som han syftat på hade varit en badhandduk som inte dolde mer än det allra nödvändigaste. Hon hade ju inte räknat med att det skulle dyka upp besökare som inte hade vett att åtminstone knacka eller på annat sätt annonsera sin ankomst. Det hade varit ytterst pinsamt för henne.

På något sätt hade hon ändå klarat sig ur situationen och fått honom att förstå att det inte skulle bli något affärssamtal där och då. Hon hade haft en känsla av att han stått kvar och följt henne med blicken medan hon skyndat uppför trappan till sovrummet för att sätta på sig lite anständigare kläder.

Hon var inte lika säker på att Valter hade upplevt situationen speciellt generande för egen del. Hans sätt att se på henne hade talat ett annat språk. Men när hon återvänt från sovrummet hade han ändå dragit sig tillbaka ut i trädgården och då hon inte hade valt att följa efter hade han efter någon minut försvunnit mot sin bil och strax därefter åkt därifrån med en rivstart.

Monica hade haft svårt för att komma ned i varv och bli sig själv igen efter den händelsen. Till och med när det var dags att gå till sängs hade hon känt ett obehag som gjorde det svårt att somna.

Händelsen hade stärkt hennes uppfattning att Valter Lagberg inte hade fått del av Lovisas tankar omkring Monicas eventuella släktskap med syskonen Lagberg. Hade han haft den kunskapen borde han inte ha uppträtt på det sätt som han gjorde. Det var i alla fall hennes egen slutsats, men hon kunde ju inte gå i god för att han tänkte i liknande banor.

Det andra tillfället då hon hade tyckt att han blivit lite för närgången hade varit på hennes kontor. Hon hade sökt efter ett dokument i skåpet som stod mot väggen och plötsligt hade han varit alldeles inpå henne. Hade hon tagit ett steg tillbaka hade hon hamnat rakt i famnen på honom. Det var som om han avsiktligt placerat sig där för att situationen skulle uppstå. Som om han medvetet sökte närkontakt med henne på ett sätt som hon absolut inte kunde acceptera.

På något sätt hade hon ändå lyckats smita åt sidan och förskansa sig bakom sitt skrivbord, men hennes hjärta hade rusat och hennes hjärna hade tänkt ut tusen olika sätt att försvara sig.

Valter Lagberg hade slagit ut med händerna i en obegriplig gest och avfyrat ett av sina märkliga leenden som bara förändrade hans mun. Ögonen hade varit kalla, beräknande.

Hennes hand hade darrat då hon överlämnat dokumentet och hon hade haft svårt för att tala på ett normalt sätt.

– Varför så stressad?

Hans röst hade varit lugn.

Monica hade inte haft något bra svar på den frågan. Hon hade bara önskat att han skulle ta emot de papper som han skulle ha och ge sig av.

– Du ser ju alldeles förskräckt ut, hade han fortsatt. Tror du inte att jag är nöjd med det arbete du gjort? Eller är det något annat som rör sig innanför din vackra panna kanske? Något som inte har med arbete eller affärer att göra.

Men en menande blick som liksom svepte över hela hennes kropp hade han tagit emot sina papper och försvunnit ut genom dörren utan att invänta något svar.

Monica hade sjunkit ned på kontorsstolen och känt hur alla kraft bara försvunnit ur hennes kropp.

Vad var det med denne Lagberg som gjorde sådant intryck på henne? Som jagade upp henne och fick henne att tro och tänka att vad som helst skulle ha kunnat hända. Hade hennes mamma upplevt något liknande i mötet med hans far? Hennes far, om det nu verkligen var på det viset.

Hade den unga Lilian varit i liknande situationer som hennes dotter nu upplevde i mötet med Valter Lagberg den yngre. Var det historien som upprepade sig på något sätt? Var det de mindre trevliga sidorna hos lagbergarna som varken Valter den äldre eller Valter den yngre kunde eller ville kontrollera?

När Monica nu kontrollerade att det inte fanns något kvar av det material som hon behövt medan hon arbetade med Lagbergs uppdrag kom de här händelserna så starkt tillbaka i hennes medvetande.

Samtalet med den något märklige Arvid Svensson hade tillfört ytterligare bränsle till de funderingar som hon hade så svårt för att släppa. Det hjälpte inte att Tage försökt få henne att sluta blicka tillbaka. Det hjälpte inte att hon själv försökte intala sig att det var bättre att se framåt, att lyfta blicken.

Frågorna fanns där ändå.

Osäkerheten omkring hennes ursprung hade inte blivit mindre medan hon lyssnat till det Arvid hade haft att dela med sig av. Det enda som hänt var kanske att nu hade det blivit som ringar på vattnet. Nu vidgades den horisont där hon sökte en fast punkt, ett definitivt svar.

Vid hans besök hade hon inte fått klart för sig att han haft en så nära koppling till familjen Lagberg. Det han sagt hade inte med säkerhet kunnat tolkas att han arbetat på just den gården. Eller var det Monica som inte hade kunnat lägga ihop två och två när hon lyssnade till Arvid.

Hon hade för all del haft en stark känsla av att han hade en aning om vem hon var och att han haft ett alldeles särskilt ärende med sitt besök hos henne. Men nu när hon visste så gott som säkert att han funnits där i hennes mammas närhet fick hans ord en annan betydelse. Det handlade ju inte bara om antaganden och gissningar. Det handlade inte bara om sådant som han hört från någon annan.

Han hade själv varit där.

Han hade sett och hört.

Han hade förmodligen gjort mer än så.

Han hade kunna dra slutsatser av det som skedde.

Arvid hade aldrig nämnt namnet på flickan som han kommit att fästa sig lite speciellt vid. Han hade bara snuddat vid ämnet som sådant, berättat att det funnits någon som fått en särskild plats i hans allra innersta. Han hade gett uttryck för en ungdomlig längtan efter det motsatta könet. Hur han gärna hade sökt hennes närhet, försökt att komma på tu man hand med henne.

Hon hade uppfattat det som om han äntligen fick chansen att berätta en del av sin egen livshistoria för någon som verkligen lyssnade, men när hon nu hade Tages ord om Arvid i färskt minne insåg hon att det kanske låg mer än en anledning bakom hans sätt att uttrycka sig. Han var säkert ute efter att få bekräftat de misstankar som troligtvis fanns hos honom.

– Hon skrattade inte åt mig som dom andra gjorde, hade han sagt. Hon tyckte nog väldigt mycket om mig innerst inne. Hon skulle nog inte haft något emot att vara lite mer tillsammans med mig om inte den där andre hade funnits. Han kom ju aldrig till gården förstås, men jag vet att hon smet iväg för att träffa honom så ofta hon kunde.

Han hade tystnat och det hade funnits något svårdefinierat i hans blick. Som om han på nytt upplevde den tiden, den närheten till en ung flicka.

56

– Hon var så vacker. Han hade på nytt fäst blicken på henne och ett litet leende hade kunnat anas. Precis som du...

Monica hade inte fäst sig så mycket vid den kommentaren. Den var hon nästan immun emot. Men nu när hon satte in den i ett större sammanhang fick den en djupare betydelse.

– Jag förstår än idag inte varför det blev som det blev, hade han sedan mumlat med lite grötig stämma och plötsligt hade det varit som om han pratat mer för sig själv än till någon annan. Jag hade väl aldrig tänkt att jag skulle bli så inblandad. Jag skulle kanske inte ha gjort vad jag gjorde, men hon hindrade mig inte...

Hans blick hade sökt sig någonstans långt i fjärran.

– Jag, jag hade väl aldrig tänkt att det skulle bli på det viset, hade han fortsatt. Det, det blev bara så och ingen av oss kunde göra något åt det...

Samtalet med Arvid hade varit omtumlande och nästan lite overkligt för Monica. Det var som om hon hamnat i ett skådespel där hon bara kunde agera publik medan dramat pågick. Hon saknade viktiga pusselbitar i det fragmentariska framförandet. Det var ingen glasklar skildring av ett skeende. Det var bara brottstycken som hon fick försöka passa in i någon form av helhet på egen hand.

Monica suckade och stängde dokumentskåpet. Det kändes som om nuet hamnat någonstans i periferin. Som om händelser i det förgångna blivit mer levande och verkliga än det som hon hade att hantera i sitt dagliga arbete. Hon insåg att det var hög tid att strukturera upp sin vardag, det liv som hon hade att leva just nu, just där hon befann sig.

Valter Lagberg, tänkte hon och kunde inte hjälpa att det högg till någonstans i hennes allra innersta. Heter både min far och min halvbror Valter Lagberg? Hur ska jag kunna få det bekräftat på ett sådant sätt att jag kan lägga det bakom mig? Eller finns det någon möjlighet att gå vidare utan att veta?

Hur skulle det komma att påverka min nuvarande situation och min framtid, funderade hon vidare. Har det egentligen någon som helst betydelse?

Arvid Svensson, fortsatte hon sina funderingar. Vilken roll hade han egentligen spelat? Vad eller vem var det som dragit in honom i något som han egentligen inte ville? Vad hade hänt, vad var det som han gjort som bara blev på ett visst sätt?

Vilka var de där andra? Var det Tage och Lilian som han syftade på eller Lilian och någon annan? Hur inblandad var han egentligen själv? Kunde han...? Nej, det var väl ändå alltför långsökt?

Lovisa Lagberg. Visste hon mer än hon hade berättat? Kunde det gå att få fram mer information den vägen?

Tyckte hon kanske att hon gjort sitt nu. Att hon hade fått lätta på den börda som hon tydligen burit på under så många år. Att hon kunde avsluta detta segdragna kapitel i sitt liv och lägga det till handlingarna. Var hon verkligen så säker eller var det ett desperat behov att intala sig själv att hon hade rätt i sina aningar?

Tage Persson. Hur mycket visste han innerst inne? Hur mycket hade han delat med sig av och hur mycket hade han behållit för sig själv? Hon ville tro att han sagt allt han kunde säga, men innerst inne gnagde ett litet tvivel ändå.

Kunde han verkligen lämna allt bakom sig nu när han haft sina samtal med henne och låtit henne få en inblick i den korta kärlekshistoria som aldrig fick chansen att blomma ut. Var det kanske för sin egen skull som han uppmanade henne att inte gräva mer i det förflutna utan se framåt. Kände han att hans krafter inte räckte till längre?

Uno Lövgren. Var han den rätte att sätta in i frågeställningarna? Skulle hon kunna dela allt med honom? Hur väl kände hon honom egentligen? När hon tänkte efter så var deras bekantskap inte så djup.

Han hade hjälpt henne med hennes gamla klocka. I samband med detta hade han varit på besök hos henne ett par gånger och de hade kunnat prata ganska otvunget med varandra. Det fanns något mellan dem, men vad handlade det om egentligen?

Hon hade sökt en lokal i Kornlanda och det hade visat sig att Uno hade en ledig lokal som hon fått hyra till sin verksamhet. Hon skulle väl ha kallat det en ren slump att hon fått hjälp av en och samma person i båda sina bryderier. Åtminstone skulle hon ha gjort det tidigare i sitt liv, men sedan hon kom till Dörja hade hon börjat resonera lite annorlunda.

Det var som om hon anade en högre eller djupare tanke bakom det som hände. Som om hennes egna beslut och handlingar blev en del av ett skeende som hon inte till hundra procent kunde kontrollera själv. Inte så att hon kände sig överkörd eller omyndigförklarad av någon mystisk högre makt. Mera som om hon gavs möjligheten att bejaka en hjälpande hand i situationer som kunde vara svåra att klara själv.

Kunde Uno vara en tillgång, en möjlighet att nysta i de trådar som hon tyckte hade en tendens att försvinna i olika riktningar och vara svåra att reda ut? Eller skulle hon kanske vända sig till pastor Fridh, en helt neutral person som därtill hade tystnadsplikt?

En sak stod i alla fall helt klar för Monica. Hon varken kunde eller ville lägga locket på över det förflutna. Nu när hon ändå lyckats tränga under ytan var hon fast besluten att försöka gå till botten med alla frågeställningar som kunde dyka upp. Hon skulle göra allt för att bli så säker som det var möjligt att bli när det gällde hennes ursprung, hennes rötter. Visst ville hon lyfta blicken och se framåt och uppåt, men för att kunna göra det måste hon först ha fått fast mark under fötterna.

Sjunde kapitlet

Det plingade en cykelklocka utanför Monicas grind och när hon skyndade runt knuten för att se vem det kunde vara mötte hon Maj-Britts leende.

– Hej! Vad roligt att du tittade hit!

– Ja, jag kände att det verkligen var på tiden att ta en sväng för att se hur du har fått det ordnat för dig i trädgården. Hoppas jag inte stör dig i något som du håller på med...

– Inte alls, log Monica. Jag höll nog inte på med något alls. Satt bara och funderade lite.

– Det skadar väl inte att göra det ibland, sa Maj-Britt och nickade för att liksom stryka under att hon verkligen menade vad hon sa. Det kan nog inte kallas att inte göra något alls. Att ta sig en funderare, att avsätta tid för att tänka igenom saker och ting är nog ofta förbisett i den här tiden som vi lever.

Monica höll med, men hade ingen direkt önskan att bli alltför filosofisk, varför hon raskt ställde frågan om Maj-Britt hade tid att stanna på en kopp kaffe. Det började ju ändå närma sig den tiden då en eftermiddagskopp inte kändes helt fel.

Maj-Britt skrattade sitt ljusa och varma skratt.

– Man kan tro att du känner mig riktigt väl, sa hon. Eftermiddagskaffet är nog bland det bästa jag vet.

På vägen in för att ladda kaffebryggaren hann Monica snappa åt sig Lilians bok som hon hade haft bredvid sig på trappstenen när hon överraskades av

Maj-Britts cykelklocka. Även om hon inte hade någon känsla av att Maj-Britt var den typen av människa som gärna snokade i andras angelägenheter ville hon ändå försäkra sig om att boken förblev hennes egen hemlighet än så länge.

Hon fyllde kaffebryggaren med vatten och måttade till kaffet så att det absolut inte skulle kännas för svagt. En titt i skafferiet avslöjade att hon borde ha tagit en sväng till affären, men nu fick det duga med vad som fanns hemma.

– Jag hoppas du håller tillgodo med skorpor till kaffet, sa hon när hon anslöt till Maj-Britts promenad i trädgården. Jag är i det närmaste hopplös på att ha framförhållning när det gäller kaffebröd och annat sådant.

Maj-Britt bara log till svar.

– Du har verkligen legat i med ditt trädgårdsarbete, sa hon och det fanns en äkta uppskattning i hennes röst. Fortsätter du i den här takten blir det här snart en mönsterträdgård. Man ska ju inte vara avundsjuk, men jag skulle gärna velat ha en sådan här trädgård själv.

– Tack så mycket, men nu tror jag allt att du överdriver en aning.

Maj-Britts leende fanns kvar där och Monica frapperades åter av den skönhet som strålade fram ur den lite äldre kvinnans ansikte när hon log på det där sättet. Det var som en skönhet på djupet på något sätt, lite svårt att riktigt sätta ord på.

– Nej, jag tror inte att jag säger för mycket. Jag har nog en viss blick för det här med trädgård och det jag ser här höjer sig över det vanliga. Du är förstås inte färdig med den än, men att möjligheterna finns kan man tydligt se. Det måste vara roligt att ha en så gedigen grund att utgå ifrån. Det är ju flera generationers insats som du får ta hand om i den här trädgården...

De båda kvinnorna tog sig god tid bland buskar och växter innan de slog sig ner i trädgårdsmöblerna för att njuta av kaffe och skorpor. Långt in i skafferiet hade Monica hittat några småkakor i en burk vilka fick komplettera det i övrigt ganska spartanska eftermiddagskaffet.

De satt tysta en stund och smakade på det heta kaffet. Runt omkring dem fanns alla de där ljuden som Monica kommit att bli alltmer förtrogen med.

Skogen, som nästan alltid bidrog med sitt stilla sus. En ljudkuliss som gav trygghet och vila för den inre människan. Visst kunde den låta mer ibland då de starka vindarna svepte mellan de höga träden och det knakade både här och där i grenar och stammar, men ändå hade hon hittills inte kunnat uppleva den skrämmande eller oroande.

Trädgårdens ljud växlade också med årstiden. Den här sommaren hade hon hunnit bekanta sig med de olika insekternas surrande och inande. Precis som med både de gästande och de mera bofasta fågelarterna som uppehöll sig i och i närheten av hennes stuga där i skogskanten.

Hon hade lärt sig några av de vanligaste småfåglarna som allt efter årstid visade sig i trädgården. Talgoxarna, pilfinkarna, blåmesarna och de rödbröstade domherrarna hade hon blivit bekant med när hon börjat mata dem redan innan hon själv blev bofast i Larssons.

Sädesärlorna, stararna, och flugsnapparna hade hon också hunnit pricka in bland sina bekantingar liksom koltrastarna, svalorna och några fler som hon var lite mera osäker på. Skatorna och kråkorna fanns där förstås också liksom nötskrikan.

Flugorna och getingarna kändes inte riktigt lika viktiga och inte heller myggen som ibland kunde göra trädgårdsvistelsen mindre behaglig.

– Du bor verkligen vackert, sa Maj-Britt samtidigt som hon lite försynt doppade den stenhårda skorpan i kaffet. Det känns så fridfullt här. Så fritt från allt som ofta vill tränga sig på och störa. Som en riktig oas i en orolig värld...

Monica nickade och ursäktade sig på nytt för det magra tilltugget till kaffet.

– Jag måste komma ihåg att ha lite kaffebröd på lager i frysen, sa hon. Det känns inte alls bra att inte kunna bjuda på något ordentligt när man får så här fint besök.

Hennes byte av samtalsämne var medvetet. Hon kände en underlägsenhet gentemot den andra. Kände att hon inte riktigt kunde föra ett samtal på lite djupare plan med denna märkligt stillsamma, men ändå så livsnära kvinnan.

– Tänk inte på det, kära du. Det händer allt mig också. Vissa tider har man annat som kräver ens tid och då får det här vardagliga stå tillbaka lite.

Maj-Britt såg henne djupt in i ögonen innan hon fortsatte. Det verkade precis som om hon för ett ögonblick tvekade om hon skulle säga något mer, men så kom fortsättningen:

– Förlåt om jag säger det, men ibland får jag en känsla av att du är någon annanstans i dina tankar. Jag hoppas du inte blir ledsen eller arg på mig för att jag säger det, men jag har en bestämd känsla av att det finns saker i ditt liv som oroar dig på något sätt. Jag vill absolut inte verka påträngande eller nyfiken, men om du skulle ha behov av att prata med någon ska du veta att jag finns här...

Det blev tyst en lång stund vid kaffebordet.

Maj-Britt tog en kaka, men det verkade vara mest för att ha något att göra. Det märktes tydligt på henne att det som hon nu sagt och gjort inte hörde till det normala beteendet hos henne. Det var något som hon hade bearbetat under en längre tid i sitt eget inre innan hon tog mod till sig och konfronterade Monica med sina iakttagelser.

Monica lät blicken vila på några märkliga mönster i trappstenen som hon inte lagt märke till tidigare.

Hon kände sig genomskådad, utforskad, avslöjad, nästan naken inför Maj-Britts lugna, vänliga men samtidigt lite forskande blick. På nytt blev hon påmind om hur den här kvinnan sett så där ingående på henne, och sagt att det fanns något bekant över henne, när de träffades för första gången hos pastorsparet Fridh på juldagseftermiddagen.

Då hade hon kunnat vifta undan påståendet med några allmänna ord om att de flesta tycks ha sin dubbelgångare. Nu visste Monica inte hur hon skulle hantera den uppkomna situationen. Inom henne rusade tankarna på högvarv. Ignorera frågan eller ta upp tråden? De olika alternativ som fanns till hands gjorde loop efter loop i ett rasande tempo.

Så tog hon ett fast grepp om den röriga tankevärlden och bestämde sig för vilken väg som var den bästa just för stunden. Med risk för att bryta den förtroliga stämningen två kvinnor emellan chansade hon på ett helt nytt ämne.

– Du som har bott så pass länge här i Dörja kände förstås till dem som bodde permanent i det här huset innan det blev sommarboende, sa hon och mötte Maj-Britts blick utan att känna den där underlägsenheten som nyss gett sig till känna.

Maj-Britt log. Det gick inte att avgöra om leendet berodde på att hon genomskådade Monicas flyktväg eller om hon log för att det nya ämnet tilltalade henne.

– Ja, nog kommer jag ihåg Rut och Holger. Ett par verkligt fina människor som nog betydde mer för den här byn och bygden än många tänkte på medan de bodde här. De gjorde inte mycket väsen av sig, höll sig kanske lite för sig själva, men när man kom in deras stuga kunde man inte undgå att känna den speciella atmosfären som fanns hos dem. Här fanns en trygghet och en sådan självklar tro att man inte kunde låta bli att påverkas.

Maj-Britt tystnade och slöt ögonen. Det var som om hon på något sätt återvände till ungdomens upplevelse av närheten till och gemenskapen med syskonen Larsson.

– De hade ett speciellt hjärta för oss som var unga, fortsatte hon efter en stund. Trots att de inte hade någon erfarenhet av egna barn, eftersom de aldrig bildade egna familjer, var det som om de blev något av hela bygdens föräldrar eller hur jag ska uttrycka det. Vi var nog många som sökte oss hit när det var lite speciella bekymmer som vi behövde prata med någon om. Någon som inte stod oss riktigt så nära som mor och far. Någon som vi visste kunde bevara en hemlighet.

Monica lyssnade utan att avbryta när Maj-Britt delade med sig av ungdomens upplevelser. Hon frapperades av den öppenhet och ärlighet som tycktes prägla den andra kvinnan. Som att en helt ny och oväntad sida visade sig. En sida som gick stick i stäv med den bild som man annars fick av henne. Det var som om hon hade ett verkligt behov av att få prata av sig, att få berätta, att känna att hon hade något betydelsefullt att dela med sig av.

En tanke slog henne medan hon lyssnade.

Hade kanske även hennes mamma sökt sig till Rut och Holger Larsson när problemen hopade sig i hennes unga liv? Hade hon gjort som många andra unga i Dörja med omnejd tydligen gjorde? Kunde det ha varit på det viset att hon själv, i sin mammas mage, befunnit sig i stugan för länge sedan?

Tanken blev så stark och intog henne med sådan kraft att hon märkte hur Maj-Britt plötsligt tystnade och betraktade henne med ett frågande uttryck.

– Förlåt mig, sa hon. Jag kanske tröttar ut dig med alltför många detaljer från den här tiden. Det kändes bara så bra att berätta lite mer om Rut och Holger.

Monica ryckte till lite innan hon svarade.

– Det var mycket intressant att få veta det som du berättat för mig. Jag har haft en sådan längtan efter att få veta mer om människorna som bott här under gången tid. Du behöver absolut inte be om ursäkt. Tvärtom. Du ska ha stort tack för att du ville ta dig tid och dela dina upplevelser. Du vill kanske se hur jag har det inomhus också...

– Gärna.

Monica samlade ihop koppar och fat och tog med sig in i stugan. Maj-Britt följde lite dröjande efter. Hon steg över tröskeln på ett sådant sätt att man kunde ana någon form av respekt inför att på nytt komma in i Rut och Holgers hem.

Hon såg sig omkring och det syntes tydligt att hon tyckte om det hon såg. Det fanns ett sådant speciellt ljus i hennes ögon.

– Vad fint du har det. Ljust och vackert, men ändå kan man känna igen sig på något sätt...

– Tack, sa Monica. Det var viktigt för mig att renoveringen inte tog bort det genuina som jag tyckte fanns i huset när jag köpte det. Jag är glad för att firman som ansvarade för arbetet gjorde det på ett så varsamt sätt. De var verkligen duktiga och priset var nog inte i överkant heller...

– Och där hänger klockan!

Maj-Britt kunde inte hålla tillbaka ett både förvånat och glatt uttryck när hon tittade in i vardagsrummet.

– Känner du igen den?

– Ja, visst är det samma klocka som Rut och Holger hade?

– Troligen. Den hörde till huset, enligt säljarna, så den fick hänga kvar. Den hade nog inte varit igång under den senaste tiden, men jag fick hjälp av en urmakare att få den att fungera igen. Den har en alldeles underbar klang...

I samma stund slog klockan fem.

– Den klangen känner jag igen, sa Maj-Britt och mötte än en gång Monicas blick på ett sådant där speciellt sätt. Den påminner mig på nytt om den där rogivande atmosfären när man satt här tillsammans med Rut. Ja, Holger var oftast i närheten också, men jag tror nog ändå att det var Rut som skapade den där alldeles speciella stämningen. Som ingav en sådan trygghet. Kanske finns det fortfarande kvar något av den atmosfären i din stuga. Det känns nästan så i alla fall...

Monica kände en klump i halsen när hon lyssnade till Maj-Britt och såg hur det liksom lyste på ett särskilt sätt ur hennes ansikte när hon lät sina känslor klädas i ord.

Hon visste inte vad hon skulle säga och var inte heller säker på att rösten skulle bära om hon försökte. Det blev bara ett leende, ett riktigt varmt och ur djupet av hennes inre framsprunget leende. Hon kände att Maj-Britt väckt något nytt inom henne.

När hon en stund senare följt Maj-Britt till grinden och stod och såg efter henne där hon försvann bortefter vägen kände hon hur den märkliga sångstrofen på nytt tonade fram.

"Blicka mot himlen opp"

Var det detta som de hade gjort, Rut och Holger, funderade hon.

Var det en framkomlig väg också för henne?

Åttonde kapitlet

S ommaren hade sagt farväl.
Nu var det i slutet av september och Monica höll på att räfsa löv i trädgården. Flera av träden verkade dock fortfarande envist hålla fast vid sommaren och vägrade att släppa taget om de löv som sakta men säkert ändrade färg.

Det hade blivit en vana hos henne att låta tankarna flyga fritt medan kroppen fick sig en riktig genomkörare. Om någon för drygt två år sedan hade frågat henne om trädgårdsskötsel var ett av hennes fritidsintressen hade hon nog skrattat högt. Vid den tiden och i den situationen som hon då befann sig fanns det inte ens på kartan. Visst hade hon varit angelägen om att hålla kroppen i någorlunda god kondition, men att ägna timmar åt en sådan sak som lövräfsning hade hon knappast kunnat tänka sig.

Nu kändes det bara bra. Det kändes helt naturligt. Det var som en livsviktig del av henne själv att hålla på i den trädgård som alltmer kom att kännas som hennes eget paradis.

Det var under tiden som hon arbetade i trädgården som hon kände den allra största friheten att tänka. Det var då som hon på något sätt fick luft under tankens vingar och kunde svinga sig allt högre eller tränga allt djupare i det ämne som fortfarande hade hög prioritet.

Medan räfsan gjorde sitt sökte hon sig tillbaka till det som hände för några dagar sedan. Hon återkallade den aktuella upplevelsen som kommit ganska överraskande, men som hon kände sig både fundersam över och tacksam för.

Hon hade suttit vid sitt skrivbord i sin arbetslokal i Kornlanda och ägnat sig åt ett ganska komplicerat ärende som hon fått förtroendet att ta hand om. Det var av den karaktären att det krävde lite mer än vanligt. Det hade hon inte något emot. Tvärtom välkomnade hon arbetsuppgifter som inte bara kunde hanteras slentrianmässigt. Att riktigt få lägga manken till och ge sig in på områden som inte kändes bekanta gav en extra lyster åt en verksamhet som ibland kunde upplevas som alltför förutsägbar.

Hon hade blivit avbruten av att dörren öppnades och hon hörde någon harkla sig lite lätt för att väcka hennes uppmärksamhet. När hon såg upp stod Berta Ohlsson i dörröppningen och undrade om hon kunde få några minuter med Monica.

Det hade varit överraskande att få besök av den manhaftiga affärskvinnan från Kungsfors. Det var inte något som hon hade förväntat sig. För all del kunde ju vem som helst dyka upp med ett erbjudande om jobb, men ändå hade Monica känt sig undrande när Berta klev in genom dörren. Något arbetsärende hade hon knappast haft som förevändning för sin lilla visit den här dagen.

– Vilka bra lokaler du har här, hade Berta sagt och sett sig värderande omkring i det kontorsutrymme som Monica förfogade över. Verkligen fint!

Monica hade tackat för de uppskattande orden och bekräftat att hon trivdes alldeles utmärkt med de utrymmen som hon fått förmånen att hyra.

– Trevlig hyresvärd har du ju också. Det finns väl inte många som kan mäta sig med urmakare Lövgren när det gäller ett belevat och respektfullt uppträdande. Det är näst intill en fröjd att besöka hans affär för att inhandla något. Jag var där alldeles nyss och det var då jag fick klart för mig att du hyrt in dig hos honom. Han verkade också mycket belåten med sin nya hyresgäst...

Berta hade uttalat de berömmande orden med en särskilt glimt i ögonen och med en min som sa mycket mer än de vackra orden. Det var tydligt att den besökande kvinnan var ute efter att få igång ett lite mer ingående resonemang omkring urmakarens person och Monicas syn på densamma.

Monica hade inte låtsat om att hon förstod Bertas förhoppning om att få höra mer om hennes relation till fastighetsägaren.

– Lövgren är korrekt. Det stämmer absolut, hade hon sagt. Vi har ju var och en vårt att sköta när vi är här i huset, men jag ska absolut inte klaga på honom som hyresvärd. Jag har också haft möjlighet att se prov på hans kunnande när det gäller gamla klockor. Det hänger en större väggklocka därhemma och den fick jag hjälp med att få igång.

– Där ser man, där ser man, hade Berta utbrustit med stor entusiasm. Ja, nog kan han sin sak när det gäller urmakeriet. Allan hade ett gammalt fickur som han ärvt efter sin far och det ordnade Lövgren så det går med stor precision nu. Men han tycks ju knappast ha några andra intressen än klockorna...

Monica hade inte funnit någon anledning att fortsätta på den tråden och det hade varit tyst en liten stund mellan de båda kvinnorna. Berta hade stått och trampat precis som om hon hade något som det var svårt att komma fram med. Nästan som ett barn som tvekar inför att uttrycka sin allra högsta önskan.

– Arvid på Sniskan var inom affären här om dagen, hade det slutligen kommit från henne. Ja, du vet väl vem han är. Han brukar dyka upp ibland och ofta har han varit med om något särskilt som han vill prata om.

Monica hade inte kunnat hålla tillbaka en lite överraskad reaktion, men skyndat sig att ordna anletsdragen. Inför Berta Ohlsson kändes det viktigt att inte bjuda för mycket på sig själv.

Så hade hon nickat som en bekräftelse på att hon visste vem Arvid Svensson var.

Berta hade tittat ganska ingående på Monica innan hon fortsatt att prata om Arvids besök i affären.

– Som tur var hade jag inga andra kunder just när han kom, hade hon sagt och hennes leende hade antytt att det positiva med detta borde vara en självklarhet för alla som kände till Arvid. Han är ju inte så värst noga med sitt yttre, om man uttrycker sig milt. Den här gången tror jag att det var lite värre än vanligt med honom. Det var så jag började undra hur länge han ska klara sig på egen hand...

En ny tystnad hade uppstått och Monica hade börjat fundera över vart hennes besökare ville komma med sin redogörelse. Varför kom hon in till henne och började prata om ett besök i sin affär av en person som hon tydligen hade sina speciella synpunkter på? Så nära vänner var de ju knappast. Visst hade de pratats vid några gånger i samband med hennes egna besök i affären, men ingen kunde väl ändå påstå att de hade någon mera personlig eller förtrolig relation. Kanske hade Berta på något sätt fått ett förtroende för henne som yrkeskvinna...

– Han påstod att han varit och hälsat på hos dig, hade Berta fortsatt och hennes blick hade liksom borrat sig in i Monica som ändå kunnat möta den utan att blinka. Att du hade bjudit in honom och undfägnat honom med kaffe och smörgås. Han var rent av lite lyrisk när han pratade om de goda smörgåsarna och ditt vänliga bemötande. Det enda han hade saknat var visst ölet, men det tror jag bara var en välsignelse för honom. Han har allt lite för lätt för att ägna sig åt den sortens drycker. Det skulle nog inte skada om han avhöll sig från alkoholen för gott. Den har ställt till med en hel del tråkigheter, inte minst för Arvid...

Berta hade kommit igång ordentligt så Monica blev mest en passiv åhörare till den andras monolog. Lite roat hade hon tänkt att det var märkligt så lätt andra kom igång att prata när de hade henne som åhörare. För inte så länge sedan hade det varit Maj-Britt som lossat på tungans band. Och mannen som nu var på tapeten hade ju också blivit ovanligt pratsam vid sitt besök hos henne.

– Men det märkliga var att han påstod att han kände igen dig sedan tidigare!

Berta hade uttalat orden med en blandning av skepsis, lite förtrytsamhet och en stor portion nyfikenhet.

Monica hade varit lite beredd och kunnat möta påståendet utan att tappa fattningen.

– Såå, hade hon bara sagt och sett precis lagom förvånad ut. Vad jag vet var det absolut första gången som vi möttes. Han stod utanför min stuga när jag kom hem och det blev naturligt att jag frågade om jag kunde bjuda på något. Han såg faktiskt ut att vara i behov av det.

Berta hade nickat ganska energiskt.

– Kunde väl tro det. Han har alltid haft en livlig fantasi den mannen. Ja, han är ju lite egen, om man får uttryck det så. Har mest gått för sig själv. Han hade väl en del funderingar som han ville dryfta med dig, antar jag. Han är märklig på många sätt. Man blir inte riktigt klok på honom, men när han dök upp den här gången kändes det som om det höll på att slå över för honom. Det var något nytt, något annorlunda som jag inte sett hos honom tidigare.

– Jag tyckte nog att han var ganska intressant att resonera med, hade Monica sagt. Lite udda, för all del, men absolut inte utan substans i sina tankegångar. Vi hann avhandla en hel del under hans besök den där dagen.

– Så han sa inget om att du verkade bekant för honom då?

Bertas nyfikenhet hade inte kunnat döljas.

Monica hade gjort ett snabbt överslag. Skulle hon avslöja den känsla hon fått när hon lyssnat till Arvid och som vuxit sig starkare sedan dess? Var det här ett tillfälle att kanske få veta lite mera eller skulle det bara krångla till tillvaron ännu ett varv? Berta borde ju ha minnesbilder från den tiden då Arvid och Lilian fanns på gården som då var hennes barndomshem.

Resultatet hade blivit en övergång till något helt annat.

– Han pratade en hel del om dem som bott i Larssons tidigare, hade hon sagt. Rut och Holger, hette de visst. Det var intressant att få veta lite mer om vilka som bott i stugan under gången tid. Han hade tydligen haft en speciell relation till dem.

Bertas besvikelse hade varit mycket tydlig, men även hos henne tycktes det ändå ha funnits en anständighetens gräns. Hon hade förmodligen inte haft mage att försöka ta upp den lösa tråden igen.

Med en ursäktande gest hade hon istället sagt:

– Ja, det var ju knappast för att prata om Arvid på Sniskan som jag kom in till dig. Det var i första hand för att jag var lite nyfiken på hur du ordnat det för dig och i andra hand för att fråga om vi kunde dricka en kopp kaffe tillsammans. Jag har lite av en ledig dag idag. Sonen är hemma och sköter affären så jag kan känna mig fri att göra vad jag vill.

Hennes leende hade varit mera normalt och Monica hade andats ut. När hon nu gick därhemma i trädgården med räfsan i högsta hugg blev det ändå naturligt för henne att rekonstruera händelsen och på nytt gå igenom vad som sagts och inte sagts. Det sistnämnda var kanske inte det minst viktiga att ta med i utvärderingen av mötet med Berta Ohlsson.

Hon försökte få någon form av struktur på de olika fragmenten från samtalet på hennes kontor liksom på det efterföljande ordbytet vid kaffebordet på Klings konditori.

Berta hade insisterat på att få bjuda på kaffet, men då hade Monica påmint henne om att senast de satt vid samma kaffebord hade det varit Berta som stått för det hela. Nu hade det varit Monicas möjlighet att bjuda igen.

– Du har ju inte hälsat på hemma hos mig än, hade hon sagt i skämtsam ton och Berta hade fallit till föga och låtit sig bjudas.

De hade inte kunnat prata helt ostört på kaféet på grund av närheten till övriga gäster, men då även Berta visat sig kunna sänka ljudvolymen hade de ändå kunnat föra ett någorlunda normalt samtal.

Att det hade arbetat för högtryck i Bertas tankevärld hade Monica förstått. Arvid Svensson hade tydligen satt en hel del myror i huvudet på henne genom sitt besök i affären.

Även om hon inte tagit upp den tråden igen så hade känslan funnits där hela tiden. De mer vardagliga samtalsämnena hade känts mera som en utfyllnad, något att ägna tiden åt när det nu inte var möjligt att forska lite djupare i det som nog ändå hade varit

Bertas främsta anledning till att ta kontakt med Monica.

– Det är lite märkligt, hade Berta sagt liksom i förbigående. Det känns så lätt att prata med dig. Det är precis som om vi varit bekanta med varandra sedan lång tid tillbaka...

Hennes blick hade vilat på Monicas ansikte och hon hade så tydligt känt igen Lovisa Lagbergs ögon i den blicken.

– Ibland kan det bara bli på det viset, hade hon själv svarat utan att utveckla sin egen syn på saken.

Kaffestunden hade därför inte blivit onödigt lång. När kaffet var urdrucket och kakorna uppätna hade Berta tackat för sig och ursäktat sig med att hon hade några andra ärenden att uträtta innan hon skulle återvända hem till Kungsfors igen.

Monica hade heller inte känt någon anledning att förlänga samvaron med sin besökare så de båda hade skilts åt utanför kaféet.

Inom sig hade Monica ändå fortsatt att fundera över vad Arvid Svensson hade haft för anledning att söka upp Berta. Kanske var det ren inbillning från hennes sida, men hon hade väldigt svårt för att låta bli att koppla samman hans besök hos henne själv med besöket i Kungsfors. Bertas ord om att han sagt något om att hon hade verkat bekant för honom fortsatte att mala inom henne. Vad hade han haft för anledning att prata med Berta om detta?

Vad var det han hade sagt till henne själv då han dykt upp hemma hos henne?

Ordagrant kom hon inte ihåg hur han uttryckt sig, men känslan han hade gett henne var ändå att han hade sina funderingar omkring vem hon var och varifrån hon egentligen härstammade. Även om hon själv varit angelägen att inte få in samtalet på sin egen person hade han ändå återkommit till ämnet flera gånger.

Han hade gjort det med ordvändningar och meningar som inte vem som helst skulle ha kunnat formulera. När hon nu tog sig tid att åter tänka på samvaron med den märklige Arvid på Sniskan måste hon konstatera att hans förmåga att uttrycka sig stod i bjärt kontrast mot hans sätt att uppträda för övrigt. Visst hade Tage haft rätt då han påstod att det fanns en knivskarp hjärna bakom det slitna skalet. Frågan var bara vilka minnen som samlats där och hur han tänkte använda sig av den kunskap som han antagligen satt inne med. Om han nu över huvud taget umgicks med sådana tankar. Men att han hyste ett stort intresse för hur Lilians, hennes mammas, liv hade blivit var ju tydligt. Det hade Tage strukit under när hon pratade med honom senast.

Monica lät räfsan svepa över gräsmattan med en intensitet som gjorde henne riktigt andfådd. Hon kände ett tvingande behov av att tömma både kropp och själ på allt det som hotade att annars bli henne övermäktigt.

Lövhögarna växte snabbt och hon letade fram den gamla skottkärran som blivit kvar efter de senast boende i stugan. Bakom uthuset fanns en lämplig plats att lägga löven. Hade hon tur kunde det kanske bli lite ny jord att återanvända i trädgården, tänkte hon utan att ha någon större kunskap om hur det fungerade i det naturliga kretsloppet.

Hennes uppväxt i det Björkengrenska hemmet hade inte gett henne någon djupare inblick i den naturliga verklighet som hon nu blivit som en del av.

Pappa Henry hade aldrig haft tid att ägna sig åt den trädgård som funnits där runt huset. Mamma Lilian hade nog haft ett litet intresse, men den största insatsen i trädgården hade avlönade trädgårdsarbetare stått för.

Monica drog sig till minnes att hon gjort sällskap med dessa människor ibland när hon gick i de lägre klasserna i skolan. Men någon riktig kunskap om hur saker och ting hänger samman hade hon inte tillgodogjort sig vid den tiden.

Visst hade de läst en del i skolan, men det hade ändå inte varit de ämnena som fångat hennes intresse i första hand.

Nu kändes det både ovant och naturligt i en märklig kombination när hon tog sig an den trädgård som Maj-Britt betecknat som något alldeles speciellt.

Det är nog inte bara trädgården som det är något alldeles särskilt med, tänkte hon. Köpet av stugan i utkanten av Dörja by var verkligen inte en slump...

Nionde kapitlet

Rosorna på bordet talade sitt tydliga språk om att det fanns en djupare tanke, en outtalad vilja hos den som förärat Monica den storslagna buketten.

Hon lutade sig över de mörkröda blommorna och drog i sig den angenäma doften.

– Åh, vad de luktar gott, sa hon och vände sig mot Uno som lite försynt stod kvar där hon lämnat honom för att hitta en lämplig vas och sätta blommorna i vatten.

– Roligt att du tycker om dem, sa han och rösten lät lika försynt som hela hans uppenbarelse. Det, det är väl knappast något ovanligt val av blommor...

Han tystnade och strök sig lite över den begynnande flinten.

Monica log mot honom.

– Rosor är alltid rosor, det är sant, sa hon. Men det är nog lika sant att det knappast finns någon risk att det blir fel om man väljer rosor.

Hon fortsatte att le men kände samtidigt hur osäkerheten ökade inombords.

Uno log också.

– Så bra!

Besöket hade kommit lite överraskande för Monica. Uno hade bara liksom i förbigående frågat vilka planer hon hade för det stundande veckoslutet. Hon hade inte haft några speciella funderingar över hur hon skulle använda de lediga dagarna och svarat att det blev väl mest ett par dagars avkoppling hemma i stugan. Det hela hade avhandlats precis när hon stod klar att låsa dörren till kontoret och hon hade uppfattat det som ett ganska vanligt utbyte av ord utan någon djupare mening. Bara något som man säger för att ha något att säga.

När bilen stannat utanför Larssons på lördagseftermiddagen hade hon kikat ut och fått se urmakare Lövgren kliva ur och från bagageutrymmet lyfta fram en stor blombukett. Hon hade sett hur han rättat till sin klädsel, strukit sig över det tunna håret och hukat sig en aning för att kunna betrakta sin egen bild i bilens yttre backspegel.

Då hade hjärtslagen ökat en aning hos Monica och hon hade stått som lamslagen ur stånd att fatta ett vettigt beslut om hur hon skulle hantera situationen.

Skulle hon försöka hinna byta kläder till något snyggare än de som hon behållit på efter lövräfsningen? Skulle hon ta en titt i spegeln för att säkerställa att där inte fanns en massa skönhetsfläckar från närheten till naturen?

Det hann varken bli det ena eller det andra förrän hon hörde knackningen på dörren och strax därefter stod öga mot öga med Uno Lövgren.

– God dag. Hoppas jag inte stör, hade han sagt och räckt fram blommorna. Jag, jag fick bara för mig att jag skulle ta en sväng åt det här hållet och se om du var hemma. Och gratulera på födelsedagen!

– Oj då! Tack så väldigt mycket!

Hon hade tagit emot buketten, fortfarande lika omtumlad av det oväntade besöket, och skyndat att leta upp den lämpliga vasen.

Så hade hon placerat blommorna på köksbordet och inandats den ljuvliga doften medan tankarna irrat runt och hjärtslagen fortsatt i ett högre tempo än normalt. Hon blev inte klok på sig själv. Kunde inte förstå varför det överraskande besöket höll på att fullständigt ta andan ur henne. Visste inte hur hon skulle bete sig för att inte överdriva intrycket av att hon kände sig så oförberedd, så häpen, men samtidigt så glad över att han stod där i hennes kök.

Att prata om rosornas doft tycktes henne som en möjlighet att komma i balans, att få ordning på både hjärta och hjärna. Att orden inte blev de allra mest välformulerade gjorde kanske ändå inte så mycket.

När hon på nytt såg in i Uno Lövgrens ögon kände hon att hon återfått kontrollen i så stor utsträckning att hon kunde hälsa honom välkommen på ett mera formellt sätt.

– Välkommen ska jag väl säga! Verkligen trevligt att du kom hit, sa hon. Och än en gång tack för de underbara blommorna.

– Menar du det?

Han lät både glad och lite undrande.

– Absolut. Men hur kunde du veta att jag råkar fylla år just idag. Det är precis inget som jag talat om för någon...

Uno såg lite besvärad ut. Som om han skämdes lite grann. Som om han hade företagit sig något olovligt.

– Hm, sa han och sänkte blicken en aning. Jag måste erkänna att jag känt till det ett bra tag.

Monica skrattade till.

– Du behöver inte be om ursäkt. Inte för att jag hade tänkt göra något särskilt av den här födelsedagen, men jag måste medge att jag blev både överraskad och glad. Nu måste du stanna på kvällsmat. Alltid har jag väl något att bjuda på.

I samma stund ringde telefonen. Monica ursäktade sig och skyndade in i rummet för att svara och fick strax höra en välbekant stämma i luren.

– Grattis på födelsedagen! Hoppas du inte behöver fira den alldeles ensam och övergiven!

Det var Agneta, hennes goda vän från Göteborg, som inte glömt bort vilken dag det var. Födelsedagarna brukade de tre väninnorna alltid fira på något sätt.

– Tack! Tack så mycket!

– Jag ska hälsa från Lena också, fortsatte Agneta. Hon ligger för ankar i någon tråkig förkylning. Kan knappast säga ett enda ord utan att det svider i halsen. Hon var så illa däran att hon skickade en skriven hälsning. Hon hade förstås kunnat skicka den direkt till dig om hon inte kommit på det lite för sent. Här behövde hon ju inte anlita posten.

Agneta skrattade sitt smittande skratt.

– Så tråkigt för henne, sa Monica. Jag får väl slå henne en signal när jag tror att hon är kapabel att byta några ord.

– Det skulle hon säkert uppskatta. Vi, vi undrar allt lite över hur det går för dig där borta. Du ödslar ju inte precis med några rapporter.

Monica kunde notera ett litet sting av förebråelse i väninnans röst.

– Förlåt, sa hon. Jag måste medge att tiden bara har rusat iväg och det har inte blivit av att höra av mig till er. Kan ni inte försöka ta er loss och komma hit någon helg nu när hösten har kommit?

– Menar du det? Vill du verkligen det?

Agneta lät nästan förvånad.

– Självklart. Varför undrar du det? Det skulle verkligen vara toppen om det kunde bli av. Jag ska säga det till Lena också när vi kan talas vid.

– Men du är kanske fullt upptagen med nya bekantskaper, menade Agneta. Du sitter väl inte ensam en kväll som den här? Du gör väl inte det?

Väninnan lät plötsligt mycket omtänksam. Kanske inte bara omtänksam...

– Faktiskt inte. Jag hade nog tänkt att det skulle bli en kväll i ensamhet, men så fick jag plötsligt ett oväntat och överraskande besök.

– Man eller kvinna?

Agneta kunde inte dölja sin nyfikenhet.

– Det får bli en hemlighet så länge, skrattade Monica.

– Aha, en man!

– Du ska ha så mycket tack för att du ringde. Jag uppskattar det verkligen och ska försöka bättra mig när det gäller att upprätthålla vår vänskap. Jag återkommer med en inbjudan så snart det låter sig göras med tanke på Lenas förkylning.

– Monica! Du får inte hålla mig på sträckbänken på det här sättet. Berätta lite mer. Vad heter han? Hur har du blivit bekant med honom? Var bor han?

– Tack än en gång för att du kom ihåg min födelsedag. Nu måste jag ta hand om min gäst. Ha det så bra och hälsa de dina och andra jag känner.

Monica lade på luren och kände hur det hettade i ansiktet efter samtalet med Agneta. Bara inte Uno stått och lyssnat. Men sådan var han väl knappast.

När hon återvände till köket kunde hon konstatera att han dragit sig tillbaka ut i trädgården medan hon klarat av sitt telefonsamtal.

Vilken taktfullhet, tänkte hon medan hon gick för att öppna dörren och bjuda honom välkommen in igen.

Så långt från Valter Lagberg, hann hon också tänka innan hon steg ut på trappstenen och sökte med blicken efter Uno Lövgren.

– Förlåt att du fick vänta, sa hon när hon fann honom borta vid uthuset. Det var en av mina bästa vänner från Göteborg som ringde för att gratulera på födelsedagen. Det var ett bra tag sedan vi hörde av varandra så det var verkligen roligt. Det är så lätt att man tappar kontakten när avståndet blir större.

– Ingen fara, log Uno och betraktade henne med en uppskattning som fick hjärtat att börja gå upp i varv igen. Jag har bekantat mig lite mer med din trädgård. Här är så rogivande. Så bedövande vackert!

– Visst är det. Men nu måste vi gå in och tända en brasa i spisen. Inte för att det är speciellt kallt, men visst är det trevligt att sitta vid en sprakande eld medan höstmörkret faller utanför. Om du vill hjälpa till så kan vi ta med oss ett par famnar ved när vi ändå är här ute.

– Så gärna. Så gärna.

Medan de plockade åt sig några vedträn var snuddade Monicas hand vid Unos och hon kände som en varm våg in i kroppen vid den enkla beröringen. Hon kände att det skulle kunna bli en trivsam och angenäm avslutning på dagen.

På väg in lyfte hon som hastigast blicken och såg mot den mörknande himlen.

Blicka mot himlen opp, tänkte hon och kunde inte hålla tillbaka ett litet leende.

Uno erbjöd sig att tända brasan om Monica hade annat för sig. Det var hon tacksam för och hon var också väldigt glad över att hon handlat hem en hel del inför veckoslutet. Det hade inte varit roligt att stå med ett tomt kylskåp när hon fick besök. Ett besök som gladde henne mer än hon själv förväntat sig.

– Men inga besvär för min del, sa Uno. När man kommer så här objuden borde man förstås haft förstånd att ta med något mer än bara blommor...

Monica skakade på huvudet.

– Tänk inte på det. Du får bara hålla tillgodo med det som huset förmår.

Hon fick riktigt lägga band på sig för att inte börja gnola för sig själv. Hon kände en djup och äkta glädje över att få ordna en måltid där hon sedan slapp sitta ensam och njuta av densamma.

Det blev en stillsam och varm gemenskap framför den öppna spisen. Det blev inte så mycket sagt mellan dem medan maten avnjöts. Det var som om det inte behövdes heller. Tystnaden var inkluderande.

Monica hade funderat fram och tillbaka när det gällde vad hon skulle servera som dryck. Hon hade känt sig frestad att ta fram en vinflaska som skulle ha passat alldeles utmärkt till maten, men hejdat sig. Uno kom ju med bil och någon övernattning trodde hon inte skulle bli aktuell.

Det var skillnad på den gamle Tage och den betydligt yngre Uno. Hon var själv tveksam till att föreslå en övernattning. Att låta den gamle Tage övernatta var helt naturligt, men om det skulle bli känt att urmakare Lövgren stannat över natt hos henne skulle det sätta fart på tungorna i bygden.

Den risken var hon inte beredd att ta i nuläget.

– Det var gott det här, sa Uno när det mesta försvunnit från hans tallrik. Verkligen gott.

– Äh, det var ju bara en enkel kvällsmat.

– Enkelhet kan också vara fint.

Monica log och höjde sitt glas med vatten.

– Det tycker jag att vi skålar för, sa hon och sökte Unos blick.

Hans ögon blänkte lite i det begränsade ljuset från elden när deras glas klirrade mot varandra. Monica kände en spirande trygghet i gemenskapen med urmakare Lövgren.

Kan det vara något mer, tänkte hon men var långt ifrån säker. Några direkt stormande känslor kunde hon inte identifiera inom sig.

När den gamla klockans slag påminde dem om att timmarna hunnit rinna undan tittade Uno Lövgren även på sin klocka med ett nästan bestört uttryck.

– Men oj då, sa han. Verkligen på tiden att jag tackar för mig och vänder hemåt. Det blir inte så långt ikväll. Jag ska stanna till hos mina föräldrar. Ja, jag har ju inte mycket längre hem till mitt heller...

Han reste sig med lite möda ur fåtöljen som han hunnit sjunka djupt ner i under tiden som de pratat om både det ena och det andra.

– En underbar kväll, fortsatte han och vände sig mot Monica som utan några större problem hade tagit sig upp från sin plats. En verkligt underbar kväll.

– Jag håller med. Ett bättre födelsedagsfirande hade jag inte kunnat tänka mig. Ja, jag hade väl knappast tänkt mig något firande alls. Du ska ha stort tack för att du kom. Och tack än en gång för de fina blommorna.

– Så du tycker inte att jag trängt mig på då.

– Absolut inte.

– Skönt att höra.

Uno räckte fram handen för att tacka och Monica tog den i ett fast grepp. De såg varandra in i ögonen utan att någon av dem sa något.

Monica kände hur det kvillrade till någonstans djupt därinne och kunde inte motstå impulsen att böja sig fram och ge urmakaren en hastig puss på kinden.

Han ryckte till lite grann och tryckte till hennes hand lite extra hårt.

Överraskad eller förskräckt, tänkte Monica och besvarade handtryckningen.

– Jättemycket tack, närmast stammade Uno medan han släppte greppet om hennes hand. Jag måste få bjuda igen någon annan gång...

– Kanske när du fyller år...

Monica log och kände hur den lite märkliga stämningen dem emellan löstes upp och att allt liksom återgick till det normala.

– Kanske det, kanske det, svarade han lite svävande.

Tionde kapitlet

Så blev det ändå inget sagt om det som låg allra överst på prioriteringslistan, tänkte Monica när hon två veckor senare återkallade minnet av kvällen med Uno Lövgren.

De hade hunnit prata om så mycket. Hon hade fått en lite bättre bild av den gentlemannamässige urmakaren. Han hade berättat lite om sin uppväxt, om sina föräldrar, och om gården där han lekt som barn. Utan att direkt avslöja sin egen ålder hade han låtit henne förstå att hans föräldrar var till åren komna.

– Det är väl tveksamt om de kan hålla på med gården så länge till, hade han sagt. De hade nog en önskan en gång i tiden att jag skulle fortsätta i deras fotspår, men så har det ju inte blivit. Ibland kan det kännas lite som ett svek, men jag har aldrig fått några sådana signaler från far eller mor.

Han hade suckat och sett ganska bedrövad ut då han berättade om risken att någon annan, någon utanför familjen, skulle ta över gården.

– Har du inga syskon?

Monica hade ställt den ganska naturliga frågan i ett sådant sammanhang, men upplevt hur Uno liksom ryggat inför den.

Han hade suttit tyst en stund. Hon hade förstått att han funderade igenom hur han skulle fortsätta utan att verka avvisande eller ohövlig. Hans strävan efter att alltid uppträda på ett korrekt sätt blev kanske lite besvärande för honom ibland.

– Joo, hade han till slut sagt. Jo, jag har en syster men hon bor på annat håll och har nog inget intresse för gården.

Monica hade bara nickat utan att ställa någon följdfråga. Ville han berätta mer var det upp till honom.

Uno hade suckat igen och så hade han fortsatt:

– Elisabet skulle nog helst vilja glömma både gården och bygden om hon kunde. Hon, hon har tyvärr tråkiga minnen från sin tid här. Ja, inte från familjen eller gården som sådan...

Han hade stirrat in i elden och rösten hade låtit annorlunda.

– Men jag ska inte förstöra din födelsedag med tråkigheter, hade han så sagt. Det är ändå inget som varken du eller jag eller någon annan kan göra något åt. Åtminstone inte ikväll.

Ämnet hade fallit och Monica hade förstått att det var bäst att inte försöka forska vidare i vad det kunde vara för tråkigheter som Unos syster drabbats av.

Det hade varit lämpligt att plocka undan det som fanns kvar efter måltiden och sätta på kaffebryggaren och när de på nytt slagit sig ner i de bekväma stolarna hade de hittat nya samtalsämnen.

Uno hade visat ett stort intresse för hennes arbete och hennes firma. Han visste väl i stora drag vad hon sysslade med, men när de satt tillsammans så där i godan ro hade han passat på att ställa en del frågor.

Monica hade gärna berättat. Det hade faktiskt känts ganska bra att ha någon som visade ett genuint intresse för hennes vardag. Det hade slagit henne att det var kanske just det där som hon saknade så intensivt ibland. Någon att dela vardagliga saker med. Någon att berätta för. Någon som verkligen lyssnade och engagerade sig i den vardag som var hennes. En verklig livskamrat.

Hon hade försökt att leda in samtalet på hans ur-makeri, men då hade han med ett leende sagt att det var väl ganska uppenbart vad man sysslade med i en sådan verksamhet. Det gav inte underlag för några djupare diskussioner eller några långtgående fråge-ställningar. En klocka var en klocka. Den visade tiden och det var det hela.

Monica hade skrattat åt hans sätt att snabbt klara av det samtalsämnet. Men hon hade ändå påmint honom om att vissa klockor definitivt kunde ge upp-hov till lite mera djupgående funderingar. Klockan som tickade i deras närhet hade säkert en historia att berätta.

Det hade Uno hållit med om och så hade de ham-nat i historiska resonemang.

Monica hade under kvällen förvånats över hur lätt det var att fylla tiden med intressanta ämnen. Det var som om de känt varandra väldigt väl, som om de passade så bra ihop.

Men det var kanske bara på ett intellektuellt plan, hade hon tänkt då hon lite i smyg betraktat sin gäst för att försöka bli klok på om det fanns något mer att upptäcka, något annat att lära känna.

Höstvinden tog sina tag i de stora träden runt om-kring henne där hon sakta vandrade på en av de små stigarna som löpte från hennes trädgård in i den om-givande skogen. Det var inte någon mild sommarbris som sjöng sin sång utan en betydligt kraftigare blåst som lät höra sin röst. Den for med kraft genom trä-dens kronor och skakade ner både kottar och barr.

Monica kände ändå ingen oro eller ängslan med tanke på omgivningen. Hon hade, trots så många år i storstaden, funnit sig väl tillrätta med ensamheten i skogen. Det kändes tryggt. Det kändes som hemma.

Frånvaron av människor gav desto större utrymme för de egna tankarna. Hon var så inne i sina funderingar omkring den där lördagskvällen med Uno Lövgren att hon ryckte till, och blev stel som en pinne, när hon plötsligt hörde en röst bakom sig.

– Ensam ute i den ödsliga skogen!

Hon behövde inte vända sig om för att veta vem det var som tilltalade henne på detta överraskande sätt.

Valter Lagberg!

Hon saktade in lite på stegen utan att för den skull stanna av helt. Hon behövde någon minut för att återfå kontrollen och kunna hantera mötet med den som hon minst av allt kände någon längtan efter att stöta ihop med. Speciellt inte här ute i den ganska vidsträckta skogen.

Han var snart ifatt henne och slöt upp vid hennes sida som om det var den naturligaste sak i världen att hon ville ha sällskap.

– Hej! Monica hälsade utan att direkt vända ansiktet mot sin följeslagare. Hon ansträngde sig för att det inte skulle höras på rösten hur hjärtslagen ökat.

– Hej Monica, sa Valter. Förlåt om jag skrämde dig. Det var inte meningen i så fall. Men jag verkar visst ha en besynnerlig förmåga att göra det ibland.

Han gav ifrån sig ett lite krystat skratt.

– Jag gick väl i mina egna tankar, svarade hon. Hade inte minsta tanke på att jag inte var ensam här ute i skogen. Det har blivit en vana att ta en promenad på någon av stigarna och jag tror inte att jag har mött någon vid något tidigare tillfälle.

Han skrattade till.

– Nej, här kan man nog känna sig ganska säker på att varken bli sedd eller hörd. Den perfekta platsen för den som bara vill ägna sig åt sig själv...

Så kom det där underliga skrattet igen.

Hon hajade till och kunde inte låta bli att snegla åt hans håll. Vad menade han? Varför fick hans ord henne att känna sig genomskådad och självupptagen? Varför fick hon känslan av att det alltid fanns ett dubbelt budskap i orden från just den här mannen?

De fortsatte längs stigen och Monica lade först nu märke till att skymningen hade kommit smygande utan att hon hade tänkt på det. Hon hade varit så upptagen av sina funderingar att tiden runnit ifrån henne. Så här sent hade hon inte tänkt stanna kvar ute i skogen. Sällskapet som hon fått gjorde inte på något sätt saken bättre. Hon kände hur osäkerheten ökade för varje steg.

Plötsligt tog Valter ett par snabba steg och ställde sig mitt framför henne. Hon tvärstannade och betraktade honom med undran i blicken.

– Monica Björkengren! Hans röst var nu lite sträv och mycket uppfordrande. Monica Björkengren, vem är du egentligen? Är du kanske inte någon främmande fågel i den här skogen?

– Vad menar du?

Monica kände hur hjärtat gick upp i högvarv inför den obehagliga frågan. Vad visste han? Vad ville han?

Han kom närmare och hans blick låste fast henne på ett sätt som hon inte kunde värja sig mot. Det här var inte bara ett slumpartat sammanträffande mellan två människor som lite ytligt kände varandra. Det här var något mycket mer och det gav Monica kalla kårar utefter ryggraden.

– Det finns folk som påstår att de känner igen dig, sa Valter och tvingade henne att fortsätta ögonkontakten. Som menar att det förmodligen inte bara var av en slump som du hamnade här i Dörja. Att du har sökt dig hit av en alldeles speciell anledning...

Hon svarade inte, men i hennes inre tumlade tankarna runt för att försöka hitta en lämplig utväg. Vem hade han hört ryktena ifrån?

Maj-Britt? Nej, hon skulle knappast springa med skvaller och obekräftade uppgifter. Det verkade inte finnas i den kvinnans värld.

Tage? Nej, det var väl ändå helt otänkbart med tanke på hans uppfattning om Valter Lagberg. Inte fanns det väl någon annan heller som han kunde ha sagt något till i ett obevakat ögonblick. Någon som i sin tur förmedlat det vidare till Valter.

Arvid? Ja, det var kanske ett möjligt alternativ. Han hade ju pratat med Berta om henne så varför skulle han inte ha kunnat prata med Valter om samma sak. Han borde ju i alla fall ha någon form av relation till Valter med tanke på att han tillbringat en hel del tid på gården då Valter var barn.

Lovisa? Men i så fall borde han ha hela bilden klar för sig. Då behövde han väl knappast gå som katten kring het gröt. Med det sätt som han hittills visat prov på hade han knappast motiv eller naturlig läggning för att inte tala klartext.

Innan hon hunnit samla sig tillräckligt för att ge någon form av respons på hans ursprungliga fråga sträckte han fram handen och rörde vid hennes överarm på ett sätt som inte alls kändes behagligt för hennes del.

Hon kunde inte hindra att hon ryckte till.

När han märkte hennes reaktion tog han ett steg tillbaka, men fortsatte att hålla kvar hennes blick.

– De flesta tycks i alla fall överens om att det är något hemlighetsfullt över ditt uppdykande här, sa han och rösten hade nu mjuknat betydligt. Jag är nog böjd att hålla med dem. Vid vårt möte på kyrkogården fick jag för mig att du var ute efter något. Att det inte bara var ett stort intresse för gamla kyrkor och gamla gravstenar som fått dig att gå dit. Jag fick en känsla av att du söker efter något, att du är otillfredsställd på något sätt...

Blicken borrade sig in i henne och han tog på nytt ett steg närmare.

– Men kanske är det bara ensamheten, avsaknaden av en man, någon att dela allt med, fortsatte han och aningen av ett leende kunde nu skymtas i hans ansikte. Du och jag skulle säkert kunna ha en hel del gemensamt. Jag tror nog att du inte skulle ha något emot att lära känna mig på ett djupare plan. Ditt reserverade sätt mot mig kan säkert bara tolkas som ett sätt för dig att värja dig mot de känslor som finns långt därinne. Varför inte släppa efter lite och ge mig en chans?

Han tystnade och det kom något värderande i den blick han nu gav henne.

– Du ska veta att du har intresserat mig från första gången jag såg dig när du stod vid stugan och kikade in genom fönstret. Jag kände redan då att det var något speciellt med dig. Något som attraherade mig. Ska vi inte göra sällskap hem till dig och umgås på ett lite mera naturligt och för oss båda trevligare sätt än att stå här mitt ute i skogen...

Hans leende blev bredare och blicken lågade av känslor som han inte tycktes kunna kontrollera.

Monica spärrade upp ögonen och drog sig bakåt men bara för att känna hur ryggen stötte mot en grov tallstam. Hon var fast mellan det djupt rotade trädet och den alltmer påträngande mannen. Hon kände sig lite rädd, kunde inte tänka klart. Undrade bara hur hon skulle ta sig ur den obehagliga situationen. Kämpade för att hålla den begynnande skräcken borta.

Samtidigt kunde hon inte förneka att hans ord träffade en öm punkt i hennes inre. Visst kände hon ibland en sugande längtan efter en man, men det var knappast något som hon ville erkänna inför den man som just nu erbjöd sina tjänster. Det var inte på det här sättet hon skulle hitta vägen till en djupare gemenskap med någon av det motsatta könet.

– Vad menar du, stammade hon. Vad skulle din fru säga om hon visste om det här...

Hon kände knappast igen sig själv, kunde inte förstå vad det var som gjorde henne så darrig. Kände bara hur tillvaron gungade.

Valter Lagberg skrattade, men det fanns ingen värme i det skrattet.

– Blanda inte in Britt i det här. Hon vet var hon har mig och jag vet var jag har henne. Oroa dig inte för den detaljen. Den hanterar jag på mitt eget sätt. Nu handlar det om dig och mig!

Vid de orden var det som om hela scenen förändrades. Monica kände igen tonen från ett tidigare tillfälle och upplevde hur den förlamande känslan släppte och hur hon återvände till sitt vanliga jag. Hon hade blivit så överraskad av Valter Lagbergs uppdykande och hans närgångenhet att det funnits en risk för henne att reagera på ett överilat och ogenomtänkt sätt. Att blotta sig på något sätt inför den person som hon minst av allt ville ge något övertag.

Nu kunde hon frigöra sig från den inträngande blicken och se upp genom de mäktiga tallkronorna. Men istället för att tänka ut någon dräpande replik, likt den som hon levererat på nyårsaftonen, kände hon hur sångstrofen från sommarens gudstjänstbesök på nytt gjorde sig påmind. Utan att egentligen tänka började hon sakta nynna den lilla melodislingan som fått en så stor plats i hennes medvetande. Som envisades med att gång på gång bara finnas där och liksom kräva hennes uppmärksamhet.

Valter ryckte till när han hörde melodin och hela hans kropp verkade sjunka ihop och liksom huka sig inför tonerna. Allt det som nyss präglat hans uppträdande var som bortblåst.

I samma stund hördes snabba steg närma sig på stigen och fram mot dem kom en fritidsklädd mansperson springande.

Då han upptäckte dem slog han av på takten och när han var framme stannade han och torkade svetten ur pannan.

– Monica! Valter!

Peter Fridhs förvåning gick inte att ta miste på när han lät blicken vandra mellan dem.

– Pastorn, sa Monica och kände hur tillvaron plötsligt normaliserades. Så du är ute och springer så här i skymningen. Är du inte rädd för att trampa snett på någon rot eller sten?

– Hej Peter, sa Valter och såg ganska obekväm ut när han mycket tveksamt mötte pastorns blick. Det här verkade inte vara ett möte som han hade önskat sig.

Peter log mot Monica.

– Jag borde kanske vara lite försiktigare, sa han. Men jag inbillar mig att jag kan de här stigarna så bra att risken är minimal. Men vad gör ni...

Han hejdade sig som om han lite försent insåg att han inte hade någon anledning att ställa den fråga som höll på att slinka ur hans mun.

Den frågande blicken talade ändå sitt tydliga språk när han såg in i Monicas ögon.

– Om du tar det lite lugnare kanske jag kan haka på, sa Monica och återgäldade pastorns leende. Jag ska ju ändå åt det hållet.

Det verkade som om han förstod den outtalade önskan om sällskap som dolde sig i Monicas fråga för han nickade och slog ut med handen i en inbjudande gest.

– Gärna!

Monica var inte sen att starta den hastigt beslutade språngmarschen och vände sig inte ens om för att se vad som hände bakom henne. Hon hörde Peters steg och lätt ansträngda andning strax bakom sig och kände en stor befrielse i upplösningen av den obekväma situation som hon hamnat i.

Blicka mot himlen opp, ljöd det inom henne medan hon sprang och hon undrade om det kanske kunde finnas ett samband mellan den enkla sångstrofen och pastorns uppdykande på skogsstigen.

Kunde man verkligen tänka så?

Elfte kapitlet

eter Fridh följde henne hela vägen hem till hennes stuga. Under tiden de sprang blev det inget sagt dem emellan, men Monica var glad för att han fanns där strax bakom henne.

Vart Valter Lagberg tagit vägen visste hon inte. Det kändes inte heller som om det angick henne.

När de pustat ut någon minut alldeles bakom hennes uthus sa Peter:

– Förlåt om jag säger det, men jag blev minst sagt förvånad över att träffa på er båda tillsammans där i skogen vid den här tiden.

Det fanns en oro i den blick han gav Monica. En beskyddande oro.

Monica slog ut med armarna.

– Det var ett helt oplanerat sammanträffande, sa hon och försökte sig på ett leende. Jag tog bara en promenad, som jag ofta gör, och plötsligt dök han bara upp där. Vi kom i samspråk med varandra och blev stående där lite längre än vad jag hade tänkt mig.

Peters blick avslöjade att han anade något mer, men han nickade bara.

– Så kom jag och avbröt er konversation, sa han med ett snett leende. Det var heller inte planerat, men jag fick ändå känslan av att du inte hade något emot det...

Frågan hängde där i luften och Monica kände att hon borde ge en förklaring.

– Du kom som på beställning, sa hon. Jag hade lite svårt för att bli av med honom. Han kan vara rätt så påträngande ibland. Det har du kanske också märkt av. Du måste ju ha haft en hel del att göra med både honom och övriga familjen Lagberg...

Peters leende blev lite bredare.

– Det har du alldeles rätt i. Även om inte Valter tillhör de mest aktiva i församlingen så finns han ju där i alla fall...

Han hejdade sig som om han kom på att han kanske var lite för frispråkig gentemot en person som han inte kände alltför väl och som därtill befann sig utanför församlingskretsen.

Men så tycktes han besluta sig för en fortsättning.

– Du får ta det som jag säger precis hur du vill, sa han och nu dog leendet ut i hans ansikte. Men jag skulle ändå vilja varna dig lite för Valter Lagberg. Han är en man med många olika sidor, och alla är inte av den goda sorten tyvärr...

Monica mötte hans blick och nickade.

– Jag har nog redan förstått det, sa hon. Vi har haft en del med varandra att göra. Jag har gjort ett arbete åt honom och han har skött snöröjningen hos mig bland annat. Jag är tacksam för att du dök upp ikväll och också för det du säger.

– Bra! Nu ska jag inte uppehålla dig längre. Eva undrar väl vart jag tagit vägen. Jag sa bara att jag skulle springa en runda och ikväll har den tagit lite längre tid än vanligt. Men det känns bra att ha kunnat vara till någon nytta också. Kanske var det ändå någon mening med att jag tog just den stigen. Ta nu hand om dig så ses vi säkert snart igen!

– Tack detsamma!

Precis när pastorns ryggtavla försvunnit ur synfältet slog det Monica att hon just missat ett gyllene tillfälle att fråga om den där sångstrofen som vägrade att lämna hennes tankevärld. Vad var det för speciellt med den eftersom den tycktes ha haft en sådan märklig inverkan på Valter Lagberg därute i skogen? Hon kunde ännu se den totala förvandling som han genomgått när hon låtit den enkla melodin tona fram och känna det lugn som den på något sätt fyllde hennes eget inre med.

När hon senare på kvällen nyduschad och behagligt trött sökte sig till sängen kände hon hur den där tryggheten, som Larssons stuga tycktes indränkt i, riktigt omslöt henne.

Trots att det borde funnits all anledning för henne att fundera vidare över mötet med Valter Lagberg sov hon drömlöst hela natten.

Det blev ändå inte möjligt för Monica att lägga mötet med Valter Lagberg helt bakom sig. Även om hon innerst inne inte ville ägna det alltför mycket tid och kraft dök tankarna upp i alla fall.

Visst hade han, mer eller mindre, försökt få till någon form av närmare relation dem emellan? Inte kunde hon väl tolka hans närmanden och hans uttalanden på något annat sätt? Där och då hade hans avsikter verkat mycket tydliga även om hon inte riktigt kunde förstå att han vågade yttra sig så som han gjort. Vad var det för spärrar som han saknade?

Hon kände en obehaglig isande kyla inom sig då hon mindes mötet där ute i skogen. Även om hon börjat återfå kontrollen efter ett tag var hon långt ifrån säker på hur det hela skulle ha slutat om inte Peter Fridh dykt upp som en räddande ängel. Hon ville egentligen inte dra alltför långtgående slutsatser av detta plötsliga sammanträffande, men kunde heller inte bara vifta bort alltsammans som något slumpartat. Det fanns kanske något eller någon som brydde sig...

Då var det kanske heller inte omöjligt att hon skulle kunna nå fram till lite mer konkreta svar på sina allra innersta och mest angelägna funderingar. Det handlade förmodligen om att det fick ta sin tid.

Med dessa tankar inom sig satte hon sig i bilen för att åka till kontoret och inleda en ny arbetsvecka. Glädjande nog hade uppdragen ökat allteftersom och nu hade hon inga större problem med att fylla dagarna med arbete. Det hade till och med hänt att hon fått tacka nej till någon förfrågan. På något sätt hade hon blivit etablerad och känd i Kornlanda med omnejd.

På väg in mötte hon Uno Lövgren. Som alltid lika välklädd, lika uppmärksam och gentlemannamässig.

– God morgon Monica, sa han och höll upp dörren för henne. Det ser ut att bli en fin höstdag trots att vi är så långt framme i almanackan.

– God morgon, svarade hon och gav honom ett varmt leende. Ja, sådana här dagar gör ju att hösten inte blir så lång som man annars kan tycka ibland när allt är grått och fuktigt.

– Alldeles riktigt, alldeles riktigt. Kanske en dag då jag får bjuda på lunch. Jag har, som du säkert sett, stängt mellan ett och två så om det passar då...

Hans iver att få ett positivt svar kunde inte Monica inte ta miste på.

Varför inte, tänkte hon och nickade.

– Det tackar jag för. Jag har heller inget direkt inbokat den tiden så det passar alldeles utmärkt.

– Bra! Då ses vi här utanför vid ettiden.

Han stängde dörren efter henne och försvann in genom sin egen ingång.

Arbetet gick som en dans under förmiddagens timmar. Monica kände hur hon riktigt såg fram mot att dela måltidsgemenskap med den artige och försynte urmakaren.

Fortsätter det så här kommer vi väl varandra så nära att jag måste kunna berätta lite mer om mig själv och min bakgrund, tänkte hon när hon lade ihop sina papper och reste sig för att invänta Uno utanför huset.

Exakt klockan ett stod han i dörröppningen.

– Stadshotellet eller något annat matställe?

– Du får bestämma!

– Då blir det stadshotellet.

De sneddade över torget och hittade ett ledigt bord i restaurangen. Maten som serverades var enkel men smakade mycket bra. Det blev inte så mycket sagt dem emellan förrän tallrikarna var tomma och bara kaffet återstod.

– Det var verkligen gott det här!

– Ja, de har för det mesta bra mat här, sa Uno och torkade sig om munnen med servetten. Det blir för det mesta här som jag intar dagens huvudmål. Någon vidare kock är jag inte själv så hemma blir det mest smörgås. Det är enkelt och lätt att ordna frampå kvällskvisten.

– Ja, och det är ju skönt att slippa ställa sig att laga mat när man kommer hem sent på eftermiddagen, sa Monica. Det får man ägna sig åt under veckosluten. Fast jag är nog inget vidare i köket, jag heller. Det har aldrig varit något stort intresse för min del.

– Åh, din matlagning har jag ju prövat, log Uno. Den kunde man sannerligen inte klaga på. Den gav mersmak skulle man kunna säga...

Han tystnade och såg lite förlägen ut.

– Så du vill kanske bli bjuden flera gånger. Monica kunde inte låta bli.

Urmakare Lövgren såg ännu mer besvärad ut.

– Missförstå mig inte, sa han och fingrade lite nervöst på kaffekoppen. Jag, jag menade inte på det sättet.

– Det hade jag hoppats att du gjorde, sa Monica och log mot honom. Jag bjuder gärna hem dig vid något tillfälle. Senast kom du ju lite objuden, men det gjorde inte saken sämre ska du veta.

Unos ansikte ljusnade betydligt.

– Menar du det? Att du inte har något emot att vi, att vi umgås lite mera regelbundet?

Monica nickade.

– Absolut, sa hon. Jag trivs i ditt sällskap. Det känns så lugnt och tryggt på något sätt. Du, du ställer inga krav...

Hon visste inte riktigt hur hon skulle uttrycka sig. Kände att hon kanske gick lite för fort fram. Att hon borde ta det lite lugnare, inte verka alltför angelägen. Fast innerst inne var hon nog ganska intresserad av att lära känna urmakare Uno Lövgren lite mera på djupet.

Innanför den polerade ytan.

Det såg ut som om den gode urmakaren rodnade en aning vid de senaste orden från Monica. Kanske var han inte van att någon uttryckte sig på det sättet när det gällde honom och hans person.

– Vad sägs om en utflykt på lördag eller söndag. Jag skulle gärna vilja visa dig var jag är född och var jag tillbringade mina uppväxtår. Det är ju inte så långt från där du bor nu förstås, men kanske kan vi ta en liten extra tur i trakten om du inte har något annat för dig förstås....

Han verkade ivrig nu, angelägen att spinna vidare på den tråd som han fått fatt i.

– Det skulle vara trevligt. Jag har inte hunnit utforska så stor del av omgivningarna runt Dörja än. I somras blev det några cykelturer, men det finns säkert en hel del kvar att se och lära känna.

– Då säger vi så. Jag kommer och hämtar dig vid elvatiden på lördag om det passar.

– Det blir jättebra. Hoppas bara att vädret håller i sig. Det är ju så mycket trevligare om solen skiner, menar jag.

Han nickade och reste sig.

Monica reste sig också och tackade så mycket för maten och trevligt umgänge. De gjorde sällskap ut från matstället, men skildes sedan åt på torget.

Uno Lövgren, tänkte hon på väg tillbaka till kontoret. Uno Lövgren, kan du vara mannen i mitt liv?

Bilden av en annan man dök oombedd upp i hennes inre. Bilden av en leende man med eld i blicken och tydliga ambitioner att lägga henne som ett villebråd inför sina fötter.

Hon kände på nytt den där rysningen inombords när Valter Lagberg på något sätt tvingade sig på. Det var som om hon inte riktigt kunde värja sig mot hans förmåga att tränga igenom allt vad som fanns av personlig integritet.

Hon blev så kluven i sina känslor när det gällde Uno när Valter pockade på uppmärksamheten. Så rädd för att hennes vilja att komma närmare den blide urmakaren bara var ett sätt att komma bort från den påträngande storbonden och allt vad han mer kunde vilja vara.

Tolfte kapitlet

L ördagsmorgonen lovade ännu en fin höstdag när dimmorna lättade och Monica kunde urskilja den närmaste omgivningen i ett tilltagande solljus.

Hon kände sig lite smått upprymd medan hon gjorde sig klar för en dag i sällskap med Uno Lövgren. Blev inte riktigt klok på sina egna känslor, men tillät sig ändå att se fram mot det som väntade. I sämsta fall kunde det ju bara bli en fördjupad kunskap om bygden som mer och mer började kännas som hennes egen. I bästa fall kunde det bli mycket mer.

Tänk på att du snart fyller fyrtio, sa hon till sig själv när hon stod framför spegeln och hade svårt för att bestämma sig för vilken tröja hon skulle ta.

Förra veckans obehagliga möte med Valter Lagberg hade inte fått alltför stort utrymme under veckan som gått, men visst hade funderingarna funnits där. Det gick inte att bara betrakta det som en plötslig vardagshändelse utan några som helst konsekvenser.

De gånger som upplevelsen återkom i tankarna blev hon alltmer övertygad om att det från hans sida inte varit ett spontant möte. Det kändes som om han planerat det hela även om hon inte kunde förstå riktigt hur han hade burit sig åt. Hade han verkligen sådan total kontroll på vad människorna i hans omgivning befann sig och vad de gjorde? Hon kom ihåg hans märkliga ord om detta vid deras första möte. Att han kände ett visst ansvar för bygden och dess invånare. Om det var ansvarsfullt att uppträda som han gjort kunde förstås ifrågasättas. Den här gången hade det tydligt framgått att det handlade om något helt annat från hans sida.

Valters påstående att det fanns flera som betraktade henne med en viss skepsis hade skakat om henne, det kunde hon inte förneka. Hon hade inte förväntat sig att hennes bosättning i Dörja skulle vara av något större intresse för övriga bybor. Bara något som man kanske kommenterade vid något tillfälle och sedan föll det i glömska. Men med tanke på vad Lovisa Lagberg gett uttryck för och det som Tage avslöjat var det kanske inte så märkligt ändå. Maj-Britts försynta ord om att det var något bekant över henne betydde kanske att det fanns flera i bygden som gjort samma upptäckt. Som funnit några igenkännande drag hos henne.

Att man därför var lite extra nyfiken på henne kunde hon väl acceptera, men att det var flera som misstänkte att hon hade djupare skäl att flytta till Dörja kändes inte riktigt lika enkelt att ta till sig. Nu visste hon ju inte om det verkligen var på det viset. Det var kanske bara Valter Lagbergs egna funderingar som han försökte förstärka genom att hänvisa till andra. Det konstiga var väl i så fall att han inte tycktes dra samma slutsatser som hans egen mamma tydligen hade gjort. Eller gjorde han det utan att bry sig om konsekvenserna?

Hon försökte skjuta tankarna ifrån sig, men hans uppträdande där i skogen hade satt djupa spår som hon bara inte kunde skaka av sig.

Att han på ett så påträngande sätt försökte inleda en djupare relation med henne kunde inte missuppfattas. Det hade funnits något på gränsen till desperat över hans uppträdande. Som om han inte riktigt kunde kontrollera sig själv.

Monica kände en rysning genom kroppen när hon på nytt kunde se hans ansiktsuttryck, det märkliga leendet, de lågande ögonen framför sig. Vad var det för gener som han bar med sig från föregående generation? Var det möjligt att även hon själv hade fått del av något liknande?

Hon rycktes ur sina tankar när hon hörde hur en bil svängde in på gårdsplanen.

Oj, är klockan redan så mycket, tänkte hon och kastade ännu en blick i spegeln för att känna sig säker på att allt var som det skulle. Nu fick alla andra tankar ta igen sig ett tag. Nu skulle hon bara ägna sig åt en nära gemenskap med urmakare Uno Lövgren.

– Oj, vilken fin bil!

Monica kunde inte hålla tillbaka ett häpet utrop när hon fick se den blänkande bilen. Bredvid stod Uno med ett belåtet leende över ansiktet.

– Ja, jag tänkte att vi skulle åka lite finare idag, sa han och öppnade dörren för henne. Den andra bilen är ju mera som en vardagsbil för mig.

Han strök lite utmed dörrkanten innan han slog igen dörren om henne och gick runt för att sätta sig i förarsätet.

– Vad fin den är, upprepade Monica. Den är väl ändå inte helt ny...

Uno småskrattade.

– Nej, den har allt några år på nacken, men jag brukar bara använda den när det är fint väder. Vanligtvis har jag redan ställt in den för vintern vid det här laget, men en dag som den här måste jag bara ta ut den igen. Det hade känts helt fel att komma i den gamla vanliga bilen idag.

Han vände sig mot Monica och log. Ett leende som skvallrade om att det här var ett tillfälle som betydde mycket för urmakare Uno Lövgren. Det här var en händelse i hans liv som var värt det allra bästa från hans sida. Något som han lade ned hela sin själ i och som han var beredd att låta kosta vad det ville.

– Då får vi hoppas att det vackra vädret håller i sig, log Monica tillbaka.

Bilen gled iväg ut från tomten och så gick färden in mot Dörja. Uno körde sakta. Det märktes att han, trots allt, var lite spänd inför den här dagens utflykt.

– Ja, du känner väl till de flesta och det mesta när det gäller själva byn vid det här laget, sa han. Annars skulle jag kunna berätta lite...

– Du får gärna berätta. Visst har jag hunnit bekanta mig en del med byn och de som bor här, men ändå finns det säkert en hel del som jag inte vet. Jag kan ju inte ens namnen på det stora flertalet av byns invånare så kanske ska jag säga att det borde finnas mer som jag inte vet än det jag redan lärt känna.

– Som du kanske ändå vet har det alltid funnits något av en rivalitet mellan de båda delarna i byn, sa Uno. Det har varit som en gräns där ån rinner. Vi kommer ju snart att passera bron. Samtidigt har det funnits en samanhållning gentemot övriga omgivningen. Den delning som man hållit liv i inåt har man aldrig låtit påverka hållningen utåt.

Det var tyst en stund i bilen. När de passerade Lagbergs ladugård hördes bara en djup suck från Uno. Monica noterade den, men fann ingen anledning att själv ta upp något resonemang omkring släkten Lagberg och vad de betytt och betydde för byn och bygden.

Trots den beskedliga farten dröjde det inte så länge förrän de närmade sig Unos verkliga hemmamarker.

Det blev inte så mycket mer berättat från hans sida när det gällde Dörja by och människorna där. Uno pekade bara ut olika gårdarna och namngav dem som bodde där medan de passerade genom byn. En del namn var bekanta för Monica och en del hörde hon för första gången. Det slog henne på nytt att det inte var så enkelt att verkligen komma in i en bygemenskap och bli en del av den.

– Sa du inte att man skulle ta vägen mot Baggeryd om man skulle komma till ditt föräldrahem, sa Monica när hon märkte att Uno tog en annan väg än hon förväntat sig när de lämnade östra delen av Dörja. När jag cyklade förbi Baggeryd i somras åkte jag inte den här vägen. Här känner jag inte alls igen mig.

– Åh, då tog du den andra vägen. Den går för all del också till Baggeryd, men jag undviker nog helst den med den här bilen. Som cykelväg är den förstås både närmare och lugnare. Sen är det utefter den här vägen som Lunda ligger.

– Heter det så, Lunda?

Uno nickade och när de passerat ytterligare några platser som han pekade ut för Monica svängde han in på en vacker gårdsplan och stannade.

Han var snabbt ute ur bilen, skyndade runt den rejält tilltagna motorhuven, och öppnade dörren för Monica som lugnt suttit kvar för att inte lura honom på den gesten. Hon hade tidigt i deras bekantskap insett att det betydde mycket för Uno att få uppträda som den artiga och belevade person som han var.

– Ja, välkommen till Lunda får jag väl säga. Så här ser det ut där jag en gång i tiden tillbringade mina barn- och ungdomsår.

– Så vackert, sa Monica medan hon såg sig omkring. Och så välskött. Här kan man verkligen se att det bor människor som trivs.

Uno log. Ett lite svårtytt leende.

I samma stund hördes en dörr öppnas och ut på gårdsplanen kom en äldre kvinna.

– Min mor, sa Uno när hon hunnit fram till dem. Och det här är Monica som jag berättat lite om.

Kvinnan mötte Monicas blick. Det fanns något granskande i hennes ögon, som om hon gjorde en snabb bedömning av den nya bekantskapen.

Så sprack hennes lite kärva och kantiga ansikte upp i ett stort leende och hon räckte fram handen.

– Välkommen Monica. Jag heter Sigrid, om nu inte Uno redan har berättat det. Min man Albert kommer strax. Det var visst bara något med en av kalvarna som han måste ordna först.

– Tack, sa Monica. Vad fint ni har det här. Det var verkligen roligt att få komma hit. Jag håller ju på att lära känna min nya hembygd och inser att det kommer att ta sin tid. Det finns så mycket att upptäcka, så många vackra platser att besöka.

Sigrid nickade.

– Jag har förstått det. Uno har berättat en del om sin nya hyresgäst i stan. Han är för all del inte den som slösar med orden, men att han är mycket nöjd med att du har flyttat in i lokalerna har han varit väldigt tydlig med.

Hon log igen samtidigt som Unos far, Albert Lövgren, kom gående över gårdsplanen. Monica kunde konstatera att han haltade en aning och att ryggen var böjd. Hela hans gestalt talade om ett långt liv med hårt arbete som tydligt satt sina spår.

Handen han räckte fram var kraftig och full av valkar, men handslaget kändes ändå varmt.

– God dag. Detta är alltså Monica som flyttat till bygden och som därtill råkat hamna som hyresgäst i vårt hus i Kornlanda.

Blicken var fast och ansiktet neutralt. Inte alls likt Uno, tänkte Monica när hon såg in i Alberts ögon.

– Hur trivs du i Larssons, fortsatte den äldre mannen och såg forskande på henne. Vi har förstått att du har lagt ner en hel del pengar på att göra det bekvämt att bo där. Ja, det är ju ett bra hus i grunden så det är säkert inte bortkastat.

Han släppte hennes hand och vände sig åt sidan för att kunna spotta en snusbrun stråle mot marken.

– Men nu ska vi väl inte stå här ute och prata, inflikade Sigrid. Jag har kaffet färdigt. Hoppas att det smakar med en kopp. Vi skulle gärna ha bjudit på mat, men Uno har visst andra planer.

Hon gjorde en liten lustig grimas mot sonen och marscherade så iväg mot ingången till huset.

Uno såg lite förlägen ut men sa inget när de andra tre följde efter Sigrid in i huset.

Monica kunde snabbt konstatera att det var ordning och reda i huset. Varifrån Uno fått sin ordentlighet var inte svårt att förstå.

Kaffet serverades i ett större rum som Monica förstod inte användes alltför ofta. Det hade kvar sin prägel av finrum från gången tid på något sätt. Det kändes nästan i atmosfären, men det var inget avskräckande eller olustigt över den upplevelsen. Bara som att ta några steg tillbaka i tiden.

På bordet stod kakfaten redan framme och Monica kunde konstatera att här snålades det inte på något sätt. Hennes största bekymmer blev nog att inte äta mer än nödvändigt utan att för den skull ge intryck av att vara otacksam.

Samtalet vid bordet var ganska sparsamt. Det verkade inte som om någon av föräldrarna var av det pratsamma slaget. Uno var ju heller inte den som pratade i onödan direkt. Däremot bjöds det och trugades så Monica insåg att hon måste släppa efter på sina principer och ta för sig. Hon fick väl försöka reparera det hela under veckan som kom, tänkte hon och kunde inte låta bli att njuta av de goda bakverken.

– Lagberg var här i veckan, sa Albert Lövgren helt plötsligt och fäste blicken på sonen.

– Valter! Vad ville han?

– Tja, det var kanske inte så lätt att begripa egentligen, men enligt honom själv hade han bara vägarna förbi och ville se hur vi mådde.

Alberts min avslöjade med all tydlighet att han inte alls trodde på den förklaringen.

– Jaha. Det var kanske en ny sida hos den mannen. Inte visste jag att han hade ett sådant intresse för människorna i periferin.

Monica hörde tydligt att det var en helt annan ton i Unos röst än den hon brukade höra då de samtalade med varandra. All mjukhet och vänlighet verkade vara som bortblåst.

– Nja, jag tror väl knappast att det var det egentliga ärendet, sa Albert och tog sig om nacken. Han hade nog andra intressen även om han inte sa det rent ut. Lite mellan raderna kunde man nog förstå att han undrade hur länge vi skulle hålla på med jordbruket.

– Så han är ute efter att köpa gården?

– Som sagt så sa han inget direkt om den saken, men både mor och jag kände nog att frågan låg där i luften på något sätt. Sen pratade han om en del annat också. Om förändringens vind och allt vad det var. Han sa något om att det var viktigt att vi som varit bofasta här i generationer måste vara på vår vakt mot sådana som försökte ta sig in och orsaka oro. Ärligt talat så begrep väl ingen av oss vad han menade.

Monica skärpte uppmärksamheten vid Alberts ord. Kände sig på något sätt berörd, lite utpekad, kanske rentav lite träffad.

Uno skrattade till lite grann.

– Den mannen blir man nog aldrig riktigt klok på, sa han. Eller den släkten skulle man kanske kunna säga. Hade han några exempel på de faror som hotar bygdens folk...

Albert Lövgren fnös till.

– I så fall har vi väl det exemplet här, sa han och lät blicken vila på Monica som kände hur hon stelnade till och liksom krympte ihop.

– Monica! Unos bestörtning kunde inte misstolkas. Pratade han om Monica?

Albert och Sigrid nickade i takt.

– Ja, han gjorde nog det. Kanske lite svepande men ändå tillräckligt tydligt för att vi skulle förstå vem det handlade om. Det, det verkade som om han kände sig lite osäker, kanske lite hotad av ditt uppdykande här i bygden...

De äldre makarna släppte inte Monica med blicken, men hon kände sig ändå inte riktigt obekväm med deras intresse för henne. Det var bara som om de oroades över något och förväntade sig ett svar som skulle ge dem lugn och ro igen.

– Kan det vara så, började Sigrid lite försiktigt, att du hör hemma här i bygden fast du kommit inflyttande från Göteborg. Det påstås visst att det finns något bekant över dig och nu när jag ser dig är jag beredd att hålla med. Du kanske har några släktingar åt det här hållet...

Monica kände hur det bultade i bröstet. Samtidigt insåg hon att nu var det inte rätt tillfälle att avslöja lite mer om sin bakgrund för Uno. Det måste hon få göra när de var på tu man hand. Nu gällde det att samla all den inre kraft som hon förfogade över och ta sig ur situationen på ett smidigt sätt.

Hon samlade sig till ett leende och mötte Sigrids blick utan att blinka.

– Om jag har några släktingar här i bygden så är de i så fall obekanta för mig, sa hon och ansträngde sig för att låta lite ointresserad av ämnet. Om det är Valter Lagberg som påstår något sådant får han väl peka ut dem för mig vid något tillfälle. Vi har ju stött på varandra några gånger och visst har jag fått en känsla av att han ifrågasätter min rätt att bo här. Ska jag vara riktigt uppriktig så tror jag att han försökte sätta käppar i hjulet redan när jag skulle köpa Larssons. Varför vet jag inte, men så var det i alla fall.

Hon tystnade och såg från den ene till den andre runt kaffebordet.

Albert nickade bara.

Sigrid log lite frågande mot henne.

– Då tycker jag att vi låter ämnet vara, sa Uno. Vi kom inte hit för att prata om Valter Lagberg och hans idéer. Det är väl ändå ingen av oss som innerst inne lägger så stor vikt vid det han har att säga. Han tillhör knappast dem som vi skulle vända oss till när det verkligen gäller, eller hur?

Monica förvånades på nytt över den skärpa som plötsligt fanns där i Unos annars så mjuka och på gränsen till inställsamma röst.

Makarna Lövgren nickade igen.

– Du har rätt, sa Albert. Jag skulle kanske aldrig sagt något över huvud taget. Vi vet ju, precis som du säger, att Valter Lagberg inte är den mest tillförlitliga karlen här i grannskapet. Det har han ju visat med all tydlighet tidigare och det verkar väl knappast som om han skulle ha ändrat sig till det bättre. Han är och förblir en gåta...

Att det fanns fog för detta uttalande från Albert Lövgren kände Monica. Frågan var bara vad det kunde vara som låg till grund för denna avoga inställning till Valter Lagberg från hela familjen Lövgren.

Det var tyst en liten stund, men så vände Albert sig mot Monica och såg henne rakt in i ögonen.

– Med eller utan släkt i den här bygden så är du välkommen hit. Jag tror nog, tvärtemot det som Lagberg påstår, att vi mår bra av att se lite nya människor omkring oss.

Han tystnade och Monica kunde skönja antydan till ett leende i det annars så kärva och fårade ansiktet.

Hon log tillbaka och kände hur tillvaron blev hanterbar igen.

Den lagbergska skuggan fick än en gång ge sig av.

Trettonde kapitlet

När Monica och Uno tackat för sig och åter satt i bilen sneglade han lite försiktigt åt hennes håll samtidigt som han startade motorn.

– Var hade Valter fått det där ifrån? Att det skulle finnas något bekant hos dig och att du skulle ha några tidigare anknytningar till den här bygden...

Monica tittade rakt fram genom vindrutan för att slippa möta Unos blick. Hon måste få tänka igenom hur hon skulle berätta sin historia för honom.

– Det vet jag inte, svarade hon undvikande. Han, han har antytt något liknande direkt till mig också, men kan vi ta det när vi sitter lite bekvämare någonstans? Ja, inte för att din bil skulle vara obekväm...

Hon skrattade till och hoppades att Uno förstod.

– Jag tror jag förstår vad du menar, sa han och lade i ettans växel för att sakta rulla ut från gårdsplanen i Lunda.

De åkte en stund under tystnad. En inte helt bekväm tystnad. De visste förstås båda att det fanns något där emellan dem som måste klaras ut, tänkte Monica. Frågetecken som bara hon kunde förvandla till utropstecken.

– Jag, jag hade tänkt en bit mat på ett ställe som inte ligger så långt härifrån, sa Uno efter några kilometers färd. Tror du, tror du att det skulle kunna passa?

Oron i hans röst talade sitt tydliga språk. Han var långt ifrån säker på att Monica var så trakterad av hans fortsatta sällskap efter det som hänt hemma hos hans föräldrar. Monica kunde inte tolka hans lite stammande och försiktiga röstläge på något annat sätt.

– Låter jättebra, svarade hon. Men det får gärna dröja ett tag till. Din mamma kan verkligen konsten att baka kakor.

Uno skrattade lite lättat.

– Ja, det kan man nog säga. Jag tycker nog själv att det kan bli lite för mycket av det goda, men hon uppskattar inte att man tackar nej till något av det som hon ställer fram.

– Jag förstod det.

Det blev tyst igen, men nu tyckte ändå Monica att tystnaden var lite mera hanterbar. Det var som att det ändå öppnats en liten säkerhetsventil någonstans. Hon kunde på nytt se sig omkring och uppskatta det vackra som de färdades förbi. Hon kunde luta sig tillbaka i sätet och njuta av att åka i den eleganta och bekväma bilen.

Hon vågade sig på att kasta en och annan blick på bilens förare för att försöka utläsa vad som rörde sig i hans tankevärld. Kanske också för att pejla sin egen inre stämning när hon betraktade Uno Lövgrens profil.

Vad hade han kommit att betyda för henne egentligen? Hur stort intrång hade han hunnit göra i hennes liv? Fanns det en fortsättning i den samvaro som börjat utvecklas mellan dem?

Eftersom Monica gärna väntade lite med maten föreslog Uno att de skulle ta några extra svängar med bilen och se lite mer av trakterna omkring Kornlanda innan de styrde kosan mot matstället som han bokat.

– Jag har inte sagt någon exakt tidpunkt, sa han vilket förvånade Monica med tanke på den exakthet

118

som annars verkade prägla urmakare Lövgren. De har nog ändå inte fullt med gäster en sådan här höstkväll.

– Det låter bra. Jag ser mig gärna omkring.

De åkte mest under tystnad. En tystnad som nu kändes rofylld trots allt som hänt. Bara en och annan kommentar från Uno när de passerade olika platser som han tyckte Monica skulle få veta lite mer om. Han verkade ha bra kontroll på det mesta vilket inte förvånade henne speciellt.

Höstsolen höll på att sjunka vid horisonten och orsakade i vissa lägen vissa besvär för honom när den envisades med att träffa honom rakt i ansiktet. Vid en liten sjö svängde han intill vägkanten och slog av motorn.

Det var helt stilla därute i naturen. De löv som ännu hängde kvar på träden lyste som guld i den nedgående solens strålar. Det bildades som en rödfärgad gata över det stilla vattnet.

Monica såg ut över sjöns yta bort mot den motsatta stranden där solen just sänkte sig bakom den mörka skogskanten.

Blicka mot himlen opp, tänkte hon men undvek att låta den lilla melodislingan få chans att tona ut ur hennes mun. Den fick bara virvla runt djupt därinne.

De steg ur bilen och Uno böjde sig för att ta upp en sten från vägkanten. Med ett lite barnsligt uttryck i ansiktet kastade han den långt ut över det stilla vattnet och tillsammans såg de ringarna som bildades när stenen bröt den glasklara ytan.

– Vackert, inte sant?

Uno vände sig mot henne och det fanns en värme i hans blick som Monica undrade om hon verkligen hade sett där tidigare.

– Mycket!

Men naturens skådespel var inte bara vackert för henne. Det skapade också en mängd av tankar i hennes allra innersta.

Stenen som, genom att bryta igenom ytan, skapade en massa ringar på vattnet förde hennes tankar till allt det som hände runt omkring henne när hon själv tog sig djupt under ytan. Människorna som hon kom i kontakt med. Händelserna som liksom bildade en kedja, ett mönster. Allt det där som mer eller mindre tvingade henne att lyfta blicken, att se lite längre, att vidga sin inre horisont.

Hon ryste till i den kyliga höstluften.

– Fryser du?

– Lite grann kanske.

– Förlåt att jag inte tänkte på det. Nu sätter vi oss i bilen så du får upp värmen igen.

Vid desserten kände Monica att det kunde vara möjligt att börja dela sin historia med mannen som satt mitt emot henne. Hon var inte helt säker på hur långt hon skulle sträcka sig eller hur djupt hon skulle gå, men ansåg ändå att det inte var rätt att undanhålla vissa fakta längre.

– Vilken god mat, sa hon och mötte Unos blick där hon fortfarande kunde ana en viss osäkerhet som troligen hängde med från dagens besök i hans föräldrahem.

Han nickade och log ett lite försiktigt leende.

– Ja, de brukar inte misslyckas med maten på det här stället. Inte för att jag har för vana att äta här, men några gånger har det ändå blivit genom åren. Ska man bjuda någon vill man ju veta att det kommer att bli bra...

– Det kan jag förstå. Hemma i Göteborg fanns det också en restaurang som mina föräldrar helst valde när det blev aktuellt att äta ute. Där fanns förstås lite fler att välja mellan, men det blev ändå oftast på samma ställe. Kanske bara en vana eller ren bekvämlighet, men det troliga var förstås att min mamma ville försäkra sig om att ingen skulle bli missbelåten.

Uno nickade igen, såg lite undrande ut som om han var osäker på vad Monica egentligen ville ha sagt.

– Ja, du hann ju aldrig träffa min mamma, sa Monica och svalde ett par gånger när tanken på modern satte igång en storm av känslor i hennes inre. Inte min pappa heller, för den delen, men han har förstås varit död i många år.

– Nej, och du har inte berättat så mycket om dina föräldrar heller. Jag har kanske varit dålig på att ställa frågor om din bakgrund, din barndom och uppväxt men jag har inte velat tränga mig på dig på något sätt...

Han såg om möjligt ännu mera fundersam ut.

Monica lyckades åstadkomma ett leende trots de starka känslorna.

– Om du har tid och intresse så tänkte jag faktiskt försöka bättra på den saken nu, sa hon sakta och tog en klunk vatten.

– Gärna!

Det gick inte att ta miste på hans intresse.

– Som jag nog sagt så har jag växt upp i Göteborg. Det är därifrån som jag har alla mina barndomsminnen och ungdomsupplevelser. Men jag är ändå inte född i den staden. Sanningen är nog närmast den att jag inte vet var jag är född någonstans. Eller rättare sagt att jag inte är helt säker på var jag såg dagens ljus en gång för länge sedan.

Hon försökte ha en lite raljant ton för att inte påverkas för mycket av sina innersta känslor.

Uno höjde på ögonbrynen och betraktade henne med både förvåning och intresse.

– Vad menar du? Vet du inte...? Har ingen berättat för dig...? Men dina föräldrar...?

Monica suckade lite.

– Men så är det, sa hon med låg röst. Låt mig berätta från början så mycket jag vet...

Hon kände redan hur tårarna brände bakom ögonlocken, men stålsatte sig för att inte ge efter för några sentimentala känslor. Det här måste hon bara klara av.

Hon greppade servetten för att ha något att hålla i och sköt tillbaka stolen några centimeter från bordet. Blicken höll hon fäst vid ljuslågan som brann så stilla på bordet framför henne.

– Min mamma hette Lilian, började hon sin levnadsberättelse för den ivrigt lyssnande Uno. Ja, det kanske du redan vet förresten...

Han nickade.

– Fram till för bara något år sedan har jag inte vetat var hon hade sitt barndomshem, var hon vuxit upp någonstans. Jag vet att det låter konstigt, men mamma berättade aldrig något från sin barndom och ungdom för mig.

Uno såg minst sagt konfunderad ut men sa inget.

– Jag var inte så gammal när min mamma gifte sig med en man som hette Henry Björkengren, fortsatte Monica. Varför hon hamnat i Göteborg och hur hon kom i kontakt med honom vet jag egentligen inget om. Men han blev som en far för mig, en riktig pappa som brydde sig och ville mitt allra bästa. Han var affärsman och pengar saknades aldrig i hemmet där jag kom att växa upp. Jag saknade väl egentligen inget, men allteftersom åren gick blev jag alltmer intresserad av vem som var min verkliga pappa, vem mamma hade varit tillsammans med på ett sådant sätt att jag blev till. Men där tog det alltid tvärstopp när jag försökte ta upp detta med min mamma. Hon vägrade helt enkelt att över huvud taget prata om den tid som varit innan hon träffade Henry och vi blev en familj. Det var som om hon lagt ett tungt lock över den tid som omfattade både hennes egen ungdom och även mina allra första år.

Monica tystnade och mötte Unos blick. Den speglade så många olika känslor att hon inte kunde tolka den alls. Var han kanske chockad av det han fått höra hittills? Eller var han helt oförstående inför det som hon förmedlade? Eller var han verkligen med henne i den skildring som det kostade på att dela med sig av?

Uno tycktes förstå hennes osäkerhet och sträckte bara fram handen över bordet så att han kunde röra vid den hand som krampaktigt kramade servetten.

– Berätta bara så mycket som du känner att du vill, sa han stilla och höll fast hennes blick. Känn inget tvång att du måste...

Monica skakade på huvudet.

– Jag både vill och inte vill, sa hon och letade fram en näsduk för att torka tårarna som trängde sig fram. Jag vill att någon ska veta, att någon ska lyssna och kanske förstå. Jag vet egentligen ingen som skulle kunna passa bättre än du gör. Inte för att jag känner dig så värst väl, men det finns något hos dig som inger förtroende.

– Tack, sa Uno och fick något glänsande i ögonen han också. Tack för det förtroendet. Jag lovar att jag ska hantera det på det allra bästa sätt jag kan.

– För att göra en lång historia lite kortare kan jag säga att det var när jag fick se annonsen om stugan vid Dörja by som det började det hända saker.

Hon gav noga akt på honom och så ställde hon den fråga som hon själv brottats med den senaste tiden:

– Tror du att någon eller något styr våra liv mer än vi anar?

Uno ryckte till och det kom ett annorlunda uttryck i hans blick. Han svarade inte med detsamma utan började snurra sitt vattenglas med båda händerna och sänkte blicken.

Det var alldeles tyst vid bordet. Från de andra matgästerna hördes lågmälda samtal och klirret från besticken från dem som fortfarande höll på att äta.

Monica väntade spänt på svaret. Det kändes som om det var viktigt i sammanhanget. Som om hon behövde någon form av bekräftelse på sina egna funderingar för att våga berätta vidare.

– Jag vet inte riktigt vad jag ska svara, sa Uno till sist och fortsatte att snurra glaset med blicken fäst någonstans i själva glaset. Jag vet faktiskt inte vad jag tror när det gäller den frågan du ställde. I mitt föräldrahem har det väl alltid funnits någon form av tro på en Gud någonstans, men det har inte varit någon stor del av vår vardag. Mor går till kyrkan ibland och vid de större högtiderna följer väl far också med. Så var det i alla fall när jag bodde hemma och jag tror inte att det har ändrat sig något speciellt. Jag är konfirmerad som de allra flesta här i bygden, men min kyrksamhet är inte mycket att skryta med. Men det var kanske inte riktigt det du ville veta...

– Både ja och nej. Fast det handlar inte så mycket om kyrkan egentligen. Det handlar mer om det dagliga livet, det som händer i vardagen.

– Jag tror att jag förstår. Livet är inte alltid så enkelt och ibland förvånas man över hur saker och ting utvecklar sig. Om man hade förmågan att liksom höja sig över de dagliga större eller mindre problemen och händelserna skulle man kanske kunna se ett mönster i det som blir själva livet. Jag vet inte om jag kan reda ut mina tankar på ett förnuftigt sätt, men kanske skulle jag kunna säga att jag tror inte enbart på slumpen. Det känns som om det skulle vara alltför enkelt att bara säga att saker och ting händer utan att det finns någon form av högre tanke bakom.

Han tystnade och såg på nytt väldigt orolig ut. Som om han fruktade att han gjort bort sig på något sätt.

Så kastade han en blick på klockan och oron i hans ögon ökade betänkligt.

– Men har vi suttit här så länge, utbrast han. De stänger väl när som helst på det här stället.

Vid de orden kände Monica hur trött hon var. Hur mycket kraft deras samtal vid bordet hade krävt av henne.

– Vi kanske ska tänka på hemvägen, sa hon. Tack så mycket för den goda maten och att du tog dig tid. Det känns som om vi får fortsätta en annan gång kanske.

Fjortonde kapitlet

bilen på vägen hem fortsatte ändå Monica att berätta sin historia för Uno. Det kändes som om det var lättare att låta orden komma när hon satt i det bekväma sätet och i det svaga ljus som kom från fordonets instrumentbräda. Hon kunde blunda eller låta blicken vila på vägen framför dem och bara koncentrera sig på att forma orden.

Uno var ju upptagen med att köra bilen, men att han lyssnade in varje ord och varje nyans i hennes röst var hon säker på.

– När jag var och tittade på stugan första gången fick jag en sådan märklig känsla av att den var bekant för mig på något sätt. Det var förresten då som jag stötte ihop med Valter Lagberg för första gången. Helt plötsligt stod han bara där och jag måste erkänna att han faktiskt skrämde mig en aning genom att tilltala mig innan jag hade sett att han fanns där.

Hon ryste lite vid minnet av den upplevelsen även om den egentligen inte satt så djupa spår i henne.

– Men det var när jag berättade för mamma om stugan och var den var belägen som jag började undra. Mamma blev så annorlunda när jag nämnde Dörja och Kornlanda.

Så fortsatte hon att berätta om moderns hälsoproblem och hur hon fick uppleva att så oväntat mista henne.

– Jag hann aldrig ta farväl av henne på riktigt, sa hon och kände på nytt hur sorgen och saknaden gjorde det svårt att få rösten att bära. Man ringde från sjukhuset och sa att hon blivit sämre. Jag var i stugan då och när jag kom till sjukhuset var det försent. Hon vaknade aldrig så att jag kunde få kontakt med henne.

– Det måste ha varit chockartat för dig, sa Uno och Monica riktigt kände den medkänsla som fanns med i de enkla orden.

– Ja, det var svårt att acceptera. Jag kunde inte förstå varför hon skulle släppa taget om livet precis när jag som bäst behövde henne. Just när jag kände att det kanske fanns en möjlighet att få veta lite mer om vem som egentligen är min pappa och mina allra första barnaår.

De var framme vid Larssons och Uno svängde in på gårdsplanen, slog av motorn och satt tyst.

Monica gjorde sig beredd att stiga ur bilen men just när hon tog i dörrhandtaget kände hon hur omöjligt det var att avsluta samvaron med Uno utan att hon fått berätta klart.

Hon vände sig mot honom.

– Har du tid och lust att följa med in en stund så kan jag kanske fortsätta min berättelse lite till?

Uno nickade.

– Om du vill.

Han steg ur bilen och skyndade runt för att hålla upp dörren för henne.

– Tar du in lite ved så tänder vi en brasa, sa Monica medan hon låste upp dörren.

Hon följde honom med blicken medan han styrde stegen mot uthuset där veden fanns och hajade till. Vad var det som rörde sig där borta i skogskanten, precis bortom uthuset?

Inte kunde det väl vara en människa även om det såg ut så i det mörker som rådde? Vem kunde smyga omkring i mörkret utan minsta tillstymmelse till ljuskälla? Det måste väl ändå ha varit något djur fast hon hade svårt för att tänka sig vad det i så fall skulle ha varit för slag av djur.

Hon stod kvar på trappstenen när Uno återvände med några vedträn på armen.

Han betraktade henne med förvåning och utbrast:

– Hur är det? Du ser nästan förskräckt ut!

Monica försökte ordna anletsdragen, men kunde ändå inte låta bli att fråga:

– Såg eller hörde du något när du var där borta och hämtade veden?

– Kanske. Det var som om någon gren knäcktes bortom uthuset, men jag tänkte inte så mycket på det. Det var väl något nattdjur som rörde sig i skogsbrynet.

– Ja, det var väl det.

De gick in i huset och snart brann en trivsam brasa i den öppna spisen.

– Det är väl inte lönt att bjuda på vin, sa Monica. Du har ju bilen...

Uno skakade på huvudet.

– Tack för erbjudandet, men jag avstår. Men vill du själv ta något så låt inte mig hindra.

– Jag har ju en gästsäng förstås, sa Monica lite försiktigt.

Uno såg forskande på henne.

– Tack, men jag tror inte det, sa han. Men jag stannar gärna en stund. Jag är nyfiken på fortsättningen när det gäller din livsberättelse.

– Ja, jag klarar mig också utan, sa Monica men kände hur rörelsen bortom uthuset hade påverkat henne långt mycket mer än det borde ha gjort.

Hon sjönk ner i sin favoritfåtölj och Uno satte sig i rummets andra fåtölj, efter att ha kontrollerat brasan.

– När jag hade köpt huset och började bekanta med omgivningarna träffade jag på en man som heter Tage Persson, sa Monica. Du kanske känner honom. Jag var ute och cyklade och han satt i sin trädgård och vinkade så jag stannade och vi kom att pratas vid en stund. Det var då som jag började bli alltmer fundersam. Han påstod nämligen att jag verkade bekant för honom.

Uno höjde på ögonbrynen.

– Ja, jag vet vem Tage Persson är, sa han. Han gör väl inte så mycket väsen av sig nu för tiden, men i sin ungdom lär han ha varit ganska het på gröten. Det är ju inget som jag har några minnen av, men jag har hört ett och annat om honom. Inget allvarligt, men inte helt smickrande, kanske jag ska tillägga...

Monica kände som en liten tagg i sitt inre vid de orden om Tage, den man som hon kände det allra största förtroende för, men bestämde sig för att inte uppehålla sig för länge omkring hans person.

Hon tvekade ändå en stund innan hon fortsatte.

– När jag senare, ja det var faktiskt under julhelgen förra året, blev inbjuden till pastorsparet Fridh kom åter den där märkliga känslan att jag befann mig i miljöer som jag kanske hade en djupare anknytning till. Bland gästerna där fanns en kvinna som heter Maj-Britt och hon tittade så ingående på mig och påstod att det fanns något hos mig som hon kände igen.

Så fortsatte Monica sin berättelse.

Hon berättade om boken som hennes mamma lämnat efter sig. Noteringarna som gett henne en bild av moderns barndom och ungdom fram till den dagen då hon visste att hon bar på ett barn. Anteckningarna som inte gav någon direkt klarhet i frågan om vem som gjort hennes mamma med barn, men som ändå på något sätt hade förstärkt hennes aningar om att hon hamnat i närheten av den plats där hon sett dagens ljus och tillbringat sina allra första barndomsår.

– Det märkliga med boken är att det verkar som om min mamma redan från sin tidiga ungdom konsekvent undvikit att ge några ledtrådar om den geografiska platsen för allt det som hon ansåg viktigt att skriva om, sa Monica. Annars var det väl så självklart för henne att hon inte ens tänkte på att namnge platserna som man kan ana i texterna.

Allteftersom hon delade sin historia med Uno kände hon en allt starkare gemenskap med honom. Hon upplevde det så naturligt att öppna sitt inre och låta honom få inblick i det som hitintills format henne som människa. Hans kommentarer var bara sporadiska och mycket fåordiga. Han ställde ibland någon fråga för att försäkra sig om att han förstått det hela på rätt sätt. Annars var han mest en lyssnare, en som verkligen hörde vad hon sa.

När hon närmade sig mötet med Lovisa Lagberg och det efterföljande samtalet med Tage Persson kände hon plötsligt en osäkerhet.

Skulle hon verkligen avslöja Lovisas misstankar mot sin egen bortgångne man? Skulle hon inviga Uno i de slutsatser som den gamla dragit när hon nu själv blivit allt osäkrare på om det var den troliga sanningen?

Var det rätt av henne att berätta det som Tage anförtrott henne?

Klockans klang gav henne en anledning att göra ett uppehåll i sitt berättande.

– Förlåt, sa hon, men här sitter jag och hindrar dig från att fortsätta hem. Tiden rinner visst bara iväg utan att man tänker på det.

– Ingen fara, log Uno. Det är kanske tvärtom jag som borde haft vett att tacka för mig och låta dig komma till sängs.

– Så får du inte tänka. Det var ju jag som bad dig att stanna för att lyssna. Jag, jag ville väl att du skulle få en lite tydligare bild av vem jag är...

– Det uppskattar jag verkligen, sa Uno och Monica kunde höra uppriktigheten i hans röst. Jag...

Han tystnade och andades tungt.

– Jag vill så gärna lära känna dig på riktigt, fortsatte han och lät blicken försvinna nånstans in i den falnande elden. Du... du intresserar mig...

Monica hörde hur svårt han hade för att formulera sig, få fram de rätta orden och hon anade orsaken bakom hans förlägenhet.

Det var tyst en stund i rummet.

Så reste sig Uno sakta och vände sig mot henne där hon satt.

– Tack för idag, sa han och räckte ut handen. Det har varit en helt fantastisk dag.

Monica grep hans hand och drog sig upp ur stolen så att de hamnade mycket nära varandra.

– Det är väl jag som ska tacka för allt, sa hon och kände att rösten höll på att svika henne. Jag håller med om att det har varit en fantastisk dag.

Hennes överraskning blev stor när Uno drog henne tätt intill sig och lade armarna om henne i en kram som höll på att ta andan ur henne.

– Monica, var det enda han fick ur sig när hon vågade besvara hans kram och lyfta sitt ansikte emot hans så att deras läppar nuddade vid varandra.

Aldrig hade hon kunnat ana att det fanns en sådan handlingskraft bakom den polerade affärsmannens kontrollerade sätt att uppträda. Men det var inte något som skrämde henne.

Tvärtom.

Nu ville hon inte bromsa längre, nu ville hon fullfölja det som påbörjats.

I samma stund hördes som en duns mot ytterdörren och de ryckte båda till och släppte greppet om varandra.

– Vad var det?

Monica var med ens alldeles klarvaken, all trötthet var som bortblåst och den känslosamma upplevelsen sprack som en såpbubbla.

Uno var redan på väg mot dörren men när han försökte öppna den var det något som tog emot.

– Det ligger något för dörren, utbrast han och såg sig frågande om.

– Det finns en dörr till. Jag använder den aldrig i vanliga fall...

Uno och Monica skyndade runt stugknuten och båda tvärstannade när de fick se figuren som låg på trappstenen med huvudet i en konstig vinkel mot dörren.

Förlamningen varade bara någon sekund och så var Uno framme och grep tag i mannen som tycktes bortom all möjlighet till kontakt. Han lyfte försiktigt och Monica gav stöd åt mannens huvud. En enda blick på mannens ansikte gav henne klart besked om vem det var som bokstavligen hade ramlat in i hennes köksdörr.

– Arvid! Det är ju Arvid på Sniskan!

– Arvid på Sniskan, upprepade Uno. Ja, sannerligen att det är han. Vad gör han här så sent på kvällen?

Monica kontrollerade att den avsvimmade mannen andades och att pulsen slog innan hon öppnade dörren så att de kunde få honom inomhus. En stark doft av alkohol gav kanske en del av svaret på varför han ramlat på trappstenen, men det förklarade knappast varför han över huvud taget befann sig vid hennes stuga vid den här tiden på dygnet.

De placerade honom på köksgolvet med en kudde under huvudet medan Monica i en hast ordnade fram gästsängen. När de med förenade krafter lyckats placera honom där började han röra på sig och det kom några obegripliga ljud ifrån honom. Inget som de kunde uppfatta men ändå ett livstecken.

– Han är ju stupfull, sa Uno och kunde inte dölja sin avsmak för den andres belägenhet. Han är knappast i ett sådant skick att jag kan skjutsa hem honom ens. Tror du att vi behöver försöka få hit någon ambulans kanske...

Monica visste inte, men hennes spontana känsla var ändå att det kanske inte var så farligt med Arvids hälsotillstånd. Fick han bara sova ruset av sig skulle han säkert inte få några större men av fallet mot köksdörren.

– Men jag kan ju knappast lämna dig ensam med honom så här, sa Uno och den bekymmersamma rynkan mellan ögonbrynen talade sitt tydliga språk. Jag kan väl sitta hos honom några timmar så att du kan få sova så trött som du är. Jag har ju ändå ingen som väntar på mig därhemma.

Han log ett lite sorgmodigt leende.

Monica kände sig kluven, men måste ändå erkänna att hon var mycket trött. Den här dagen hade visserligen gett henne mycket positivt, men den hade också på något sätt tagit musten ur henne. Att få sova en stund skulle vara värt en hel del.

– Du får gärna väcka mig om han vaknar, sa hon och nickade menande mot den nu snarkande äldre mannen i gästsängen. Blir det alltför jobbigt för dig kan vi kanske byta plats om några timmar.

Uno nickade bara till svar.

Vilken dag, tänkte Monica när hon med en viss möda tog sig uppför trappan till sovrummet och mer eller mindre stupade i säng.

Trots alla frågetecken och funderingar som virvlade runt i hennes tankevärld dröjde det ändå inte många minuter förrän hon somnade bort från alltsammans.

När hon vaknade var det alldeles tyst i huset. Hon låg stilla i sängen och undrade varför hon låg ovanpå med kläderna på sig. Det tog någon minut innan hon fick situationen riktigt klar för sig. Tankeverksamheten tycktes ha en ovanligt lång startsträcka den här morgonen. Hon fick riktigt anstränga sig innan de olika pusselbitarna började falla på plats och gårdagens händelser framstod som klara och tydliga minnesbilder.

Försiktigt strök hon med ett par fingrar över sina läppar och undrade om alltsammans kanske ändå hade varit en dröm.

Femtonde kapitlet

Det hade börjat snöa när Monica lämnade sitt kontor för att åka hem. Novemberdagen hade varit fylld med arbetsuppgifter så hon hade inte ens unnat sig någon riktig lunchrast. Som tur var hade hon redan på morgonen gjort bedömningen att det skulle bli en hektisk dag och plockat med sig lite matnyttigt hemifrån för att klara av den mest akuta hungerkänslan. Det fick bli något rejälare på kvällen istället. Det var inte helt fel att unna sig lite extra gott framför brasan efter en lång och intensiv arbetsdag.

Hösten hade hållit sig ganska mild men nu var det tydligen annat väder på gång. Inte henne emot, hon tyckte egentligen ganska bra om en riktig vinter med snö och minusgrader. Det var bara en aning tidigt enligt hennes mening. November skulle helst vara grå och snöfri medan man inväntade första söndagen i advent.

Just när hon hade sopat snön från bilen och skulle hoppa in för att komma iväg hörde hon någon säga hennes namn. Hon behövde inte se efter för att veta vem det var.

Efter den händelserika lördagen tillsammans med Uno hade de inte sett så mycket av varandra. Varför det blivit så kunde hon inte förklara. De hade bara mötts som hastigast och bytt några vardagliga ord. Ibland hade hon känt det som om Uno undvek att komma alltför nära henne. Som om han skämdes på något sätt även om hon inte kunde begripa varför.

Hon hade gått igenom den dagens händelser mer än en gång och funderat över vad som verkligen hade hänt och vad som kanske bara var en dröm.

På morgonen när hon kommit ner från sovrummet hade hon funnit både Arvid och Uno sovande i hennes vardagsrum. Arvid hade legat på rygg och snarkat i sängen och Uno hade försökt göra det så bekvämt som möjligt för sig i en av fåtöljerna. Hon hade stått en stund alldeles tyst och bara betraktat dem innan hon försiktigt hade rört vid Unos arm för att väcka honom ur den obekväma sovställningen.

Han hade sett mycket förvirrad ut och det hade dröjt en stund innan han hade sagt något.

Arvid hade börjat röra på sig och mumlat en massa osammanhängande ord. Först hade hon inte lagt någon större vikt vid orden från den slumrande mannen, men efter ett tag hade hon uppfattat en del ord och namn som gjort henne mera uppmärksam.

När hon böjt sig fram över honom för att kanske kunna få ett sammanhang i det han mer eller mindre yrade om hade han plötsligt slagit upp ögonen och sett rakt in i hennes ansikte.

– Lilian, hade han sagt med svag stämma och hans ögon hade uttryckt den allra största förvåning. Lilian...

Sen hade han slutit ögonen igen och något som kunde tolkas som ett uttryck för lugn och trygghet hade brett ut sig över hans fårade och härjade ansikte.

Monica hade blivit som paralyserad av det enda ordet från Arvid. Hon hade dragit djupt efter andan för att komma i balans innan hon vågade kasta en blick mot Uno för att se om han hade hört detsamma som hon.

– Vad säger han?

Unos fråga hade avslöjat att han förmodligen inte hade uppfattat något av det som Arvid sagt och det hade Monica känt sig tacksam för just där och då.

– Han pratar nog mest i sömnen, hade hon svarat samtidigt som hon strukit den sovande över pannan och hoppats på att han inte skulle upprepa sig. Själv hade hon ändå fått ytterligare en bekräftelse på att Arvid måste ha haft en närmare relation till hennes mamma än vad Tage hade gett uttryck för. Det kunde inte längre råda någon tvekan om att det var Lilian som varit flickan som han pratat om förra gången han dykt upp hos Monica.

Eftersom Arvids hälsotillstånd sett ut att ha stabiliserats hade Monica lyckats övertala Uno att överlåta resten åt henne och åka hem för att få lite välbehövlig vila i sin egen säng. Det hade inte varit helt lätt, men till slut hade han resignerat och lämnat henne ensam med Arvid och de tusen tankarna som rusat runt i hennes inre.

Arvid hade vaknat till ett par gånger men slocknat igen innan han till slut satte sig upp och en aning förvånat undrade var han befann sig. När han fått syn på Monica hade hon inte kunnat undgå att se den förändring som skedde med honom.

– Du, hade han sagt med vitt uppspärrade ögon.

– Jaa, hade hon svarat så mjukt och stilla som hon bara kunde. Hon kunde ju inte veta hur mycket han tålde efter smällen mot dörren.

Han hade skakat på huvudet och strukit sig runt hakan innan han fortsatte:

– Varför är jag här?

När Monica förklarat för honom att hon funnit honom alldeles utanför sin dörr i ett sådant tillstånd att det inte fanns mer än en sak att göra hade han bara fortsatt att skaka på huvudet.

– Jag...jag minns ingenting, hade han så mumlat. Jag minns absolut ingenting.

Monica hade inte velat pressa honom på varför han befunnit sig utanför hennes stuga även om hon gärna hade velat veta hans ärende. Att han kommit dit av en slump uteslöt hon direkt. Han hade naturligtvis haft ett ärende, men frågan var om det var i eget intresse eller för någon annans räkning.

Efter några koppar starkt kaffe och ett par rejäla smörgåsar hade han återfått sitt normala sätt att uppträda. Hon hade känt igen den plirande blicken och de speciella gesterna som hon fastnat för vid hans förra besök.

Lite försiktigt hade hon undrat hur han kommit till hennes stuga dagen innan.

Det hade dröjt ett tag innan Arvid funnit för gott att svara, men så hade han berättat att han hade cyklat en runda som han brukade och hamnat utanför Larssons. Han hade inte haft någon riktigt bra förklaring till varför han stannat kvar så länge.

– Jag fick uppfattningen att du var ganska berusad när jag fann dig här på trappan, hade Monica sagt och hållit kvar hans något irrande blick.

På detta hade Arvid först inte svarat något, men eftersom han hade haft svårt för att komma undan hennes forskande blick hade han till sist berättat att han haft med sig en flaska att styrka sig med.

– Det är väl en svaghet som jag har, hade han sagt och slagit ner blicken. Men det har många gånger känts som enda utvägen för mig. Du kan nog inte förstå det, men så har det varit...

Monica hade känt en stor portion sympati för den luggslitne och udda mannen. Hon hade inte kunnat fortsätta sin utfrågning utan bestämt sig för att hjälpa honom att komma hem till sitt. Övriga frågor och funderingar fick hon skjuta på framtiden så länge även om det brann av nyfikenhet inom henne.

Arvid hade tacksamt tagit emot hennes erbjudande om skjuts. Efter lite krånglande hade de med förenade krafter lyckats få in hans gamla cykel, som hade visat sig ligga alldeles bortom hennes uthus, i bilens rymliga bagageutrymme. Det hade verkat som om hans minne av gårdagen kommit tillbaka allteftersom.

På vägen till Arvids bostad hade det ändå inte yttrats många ord dem emellan. Det hade mest handlat om några anvisningar för att visa vägen.

På radion hade Hootenanny Singers spelat "omkring tiggar'n från Luossa" och Monica hade upplevt något av en samklang mellan sångens innehåll och mannen bredvid henne i bilen.

Väl framme vid det något slitna hyreshuset som hyste Arvids lägenhet hade han återfått något av den elegans och charm som han visat första gången de träffades. Han hade räckt fram handen, bugat djupt inför henne, och tackat allra ödmjukast för all hjälp som hon gett honom.

Så hade han sett henne rakt in i ögonen och med en röst som darrade en aning hade han sagt:

– Visst är du Lilians dotter?

När Monica nu vände sig om för att höra vad Uno Lövgren kunde ha för ärende var det just den scenen som på nytt liksom spelades upp för hennes inre blick.

Hon hade blivit alldeles mållös inför frågan och inom henne hade tankarna tumlat om. Skulle hon svara sanningsenligt på frågan eller skulle hon försöka glida undan den? Fanns det någon anledning för henne att inte säga som det var? Vad skulle fortsättningen bli om hon bekräftade Arvids förmodan?

– Ja, hade hon till slut svarat. Min mamma hette Lilian?

– Hette?

– Ja, hon lever inte längre. Hon gick bort för ungefär ett år sedan.

När hon mött Arvids blick hade hon sett stora tårar i den annars så knipsluga blicken, men han hade inte sagt något mer. Bara nickat några gånger och sedan börjat gå mot huset där han bodde.

Uno stannade någon meter ifrån henne och tycktes anstränga sig för att möta hennes blick. Han strök sig över det tunna håret där snöflingorna sakta landade en efter en.

– Så har vi vintern här, sa han. Vi får väl hoppas att det bara är en liten visit den här gången.

Monica nickade.

– Ja, även om jag faktiskt tycker om den riktiga vintern som man kan få uppleva i den här delen av landet så är jag beredd att hålla med. Den får gärna komma, men den kan ändå vänta lite till.

Uno trampade lite oroligt och tycktes ha svårt för att veta hur han skulle fortsätta samtalet.

– Gick det bra med Arvid? Vi har ju knappast hunnit pratas vid sedan dess. Jag borde kanske ha stannat och hjälpt till att få hem honom. Det... det kändes inte helt bra att bara lämna dig i sticket så där. Jag har stött och blött mitt handlande gång på gång sedan dess men inte vetat hur jag skulle kunna förklara eller försvara att jag inte gjorde mer...

– Du behöver inte ursäkta dig, sa Monica och mötte hans oroliga blick. Det var inte alls några större problem. Han sov ganska länge och sedan bjöd jag på kaffe innan jag skjutsade hem honom. Han piggnade till och blev som vanligt, om jag nu kan påstå att jag vet hurdan han brukar vara när han är som vanligt, när jag lämnade honom utanför huset där han bor.

– Men, sa Uno. Men varför var han utanför ditt hus den där kvällen? Hade han något svar på det? Eller du kanske inte frågade honom?

Monica skakade på huvudet.

– Jag hade inte hjärta att hålla något förhör med honom. Jag hade nog tänkt försöka få veta lite mer, men jag insåg att det inte var rätt tillfälle just då. Jag vet inte varför han kommit dit, men jag tror att han hade hoppats på att jag var hemma. När jag inte var det hade han troligen bestämt sig för att vänta och se om jag kom hem och så hade han inte kunnat avhålla sig från flaskan som han haft med sig. Han erkände själv att det var en svaghet som han drogs med.

Uno nickade.

– Ja, han har inte haft det lätt genom livet den saken är klar, sa han och rösten lät medkännande. Långt från den ton som han använt på kvällen då han kommenterat den andres berusade tillstånd.

Monica nickade även hon.

– Jag har förstått det. Tage berättade en del om honom efter det att han besökt mig förra gången...

Hon tystnade och tänkte att hon kanske inte skulle ha avslöjat att Arvid på Sniskan besökt henne vid ett tidigare tillfälle. Att de på sätt och vis var lite bekanta med varandra. Hon hade tänkt behålla den informationen för sig själv ett tag till i alla fall, men nu var det försent.

– Förra gången, upprepade Uno. Så han har sökt upp dig flera gånger. Det var därför som du kände igen honom direkt när vi fann honom utanför dörren...

– Bara en gång tidigare. Han dök upp helt plötsligt en dag i slutet av sommaren. Stod liksom och väntade när jag kom hem en lördag och jag bjöd in honom på kaffe. Han såg ut att behöva det. Vi pratade en hel del med varandra och jag måste säga att jag blev lite fäst vid honom eller hur man ska uttrycka det. Han var intressant att resonera med.

– Jojo, sa Uno. Det kan man nog säga att han är. Jag är väl inte riktigt personligt bekant med honom, men ett och annat har jag ju ändå hört. Men hur kom det sig att han sökte upp dig? Du är ju ny här i bygden och jag trodde inte att han tog sådana kontakter.

Monica skakade av sig snön som föll med allt större flingor.

– Det är kanske också en lite längre historia, sa hon. På sätt och vis hör den väl hemma i min livshistoria som jag inte hann avsluta riktigt förra gången. Jag tror inte att jag vill stå här ute och berätta, men om du vill kan vi väl träffas någon kväll och fortsätta där vi slutade förra gången...

Uno tog ett steg närmare.

– Vill du det?

– Absolut!

På nytt överraskades Monica av den impulsivitet som helt plötsligt blottades hos den annars så kontrollerade urmakaren.

I en sky av snöflingor möttes de i en kram som höll på att ta andan ur henne.

– Redan ikväll kanske, sa Uno medan han höll kvar sina armar omkring henne. Kom med upp till mig. Du har ju aldrig sett hur jag har det.

Sextonde kapitlet

När Monica lyfte blicken mot den gnistrande stjärnhimlen föll det sig helt naturligt att sången från sommarens gudstjänstbesök på nytt började tona inom henne.

Blicka mot himlen opp, nynnade hon och tänkte att nu hade hon äntligen gjort slag i saken. Nu skulle hon besöka Eva Fridh och förhoppningsvis få veta hela sångens innehåll och kanske också dess historia.

Det hade gått någon vecka sedan hon följt med Uno Lövgren till hans lägenhet i samma hus som han hade sitt urmakeri och sin affär och där hon också hade sitt kontor. Hon hade egentligen aldrig funderat över var han bodde. Trots att det borde ha varit ganska självklart hade tanken aldrig slagit henne att det fanns lägenheter i huset. Hon hade skrattat lite åt sig själv när hon tänkte på saken, men det var ju ändå inte någon allvarligare miss från hennes sida.

Det hade visat sig vara en mycket trivsam bostad som Uno förfogade över. Den var inte speciellt stor, bara två rum och kök, men mycket tilltalande med utsikt över torget. På väggarna hängde det klockor av olika storlek och utseende. Allt från gamla fickur till ganska stora och påkostade väggur. I ett hörn av det större rummet stod det även en golvklocka som Monica skulle ha kallat Moraklocka, men hon var inte riktigt säker. Det fanns väl andra golvur än moraklockorna.

Uno hade bjudit på te och smörgås och det hade känts välkommet med tanke på den spartanska kost som hon bestått sig själv med just den dagen. De hade blivit sittande vid hans köksbord och där hade Monica fortsatt sin livsberättelse.

Hon hade återknutit till Arvids oväntade sätt att ramla rakt in i den gemenskap som de känt med varandra den där kvällen.

– Det var så märkligt den där första gången som han dök upp utanför mitt hus, hade hon sagt. Han bara stod där och det kändes som om han väntade på att jag skulle komma hem. Jag undrade förstås vem han var och varför han var där, men samtidigt kände jag som en impuls att be honom följa med in i trädgården och få sig något till livs. Det berodde kanske mest på att han såg ut att behöva det.

Hon hade inte berättat i detalj hur Arvids besök hos henne utvecklats, men hans koppling till dem som bott i stugan tidigare hade hon delat med Uno.

– Det kändes precis som om vi hade något gemensamt när han berättade om Rut och Holger, hade hon sagt. Som om jag också var bekant med dem på något underligt sätt. Det låter väl inte riktigt klokt, men jag har alltmer börjat inse att det finns ett mycket större samband i tillvaron än vad jag tidigare haft en aning om.

Uno hade inte ställt några frågor. Han hade bara lyft en aning på ena ögonbrynet, men ändå nickat som om han förstod precis vad hon menade.

Monica hade berättat om hur hon blivit alltmer säker på att det var just i Dörja som hennes mamma blivit med barn. Att det var i den byn där hon nu funnit sitt nya hem som hon faktiskt haft sitt allra första hem. Eller åtminstone i närheten av Dörja by. Exakt var kunde hon inte säga.

– Jag tror att min mamma var hos Rut och Holger när jag låg i hennes mage, hade hon sagt. Det känns märkligt, men både Arvids och Maj-Britts ord om de båda syskonens speciella roll när det gällde de unga i grannskapet har övertygat mig om den saken. Jag tror... jag tror faktiskt att det är därför som jag redan från början kände mig så förbunden med Larssons.

Hon hade anat ett litet leende i Unos ansikte när hon uttryckt sig på detta sätt, men han hade ändå återigen nickat förstående.

När hon fortsatt sin berättelse och kommit till Tages centrala roll hade hon tyckt sig se en viss oro hos den annars så lugne och stillsamme mannen mitt emot henne.

– Tage Persson, hade han sagt och lyft på ögonbrynen lite extra. Menar du att din mamma hade ett förhållande med Tage när hon befann sig i Dörja? Det måste väl ändå ha varit en rätt stor åldersskillnad mellan dem. Åtminstone då när hon var så ung...

Monica hade hållit med om detta. Utan att utlämna allt för mycket av sin mammas mest personliga noteringar hade hon ändå kunnat bekräfta att just åldersskillnaden tycktes ha varit ett problem.

– Min mormor och morfar var tydligen inte så positiva till att hon umgicks alltför förtroligt med Tage, hade hon sagt och samtidigt känt ett stråk av sorg i sitt eget inre när hon åter igen konfronterades med den möjlighet som hennes mamma haft att få ett ordnat liv tillsammans med en man som älskat henne över allt annat.

– Du nämnde något om att din mamma fick arbete på någon av gårdarna i Dörja, hade Uno sagt. Du vet förstås inte vilken av gårdarna det var...

Frågan hade funnits där och hon hade gruvat sig för att komma till den punkten. Hon hade funderat fram och tillbaka omkring hur mycket hon skulle berätta. Om det kanske var klokast att inte blanda in fler av Dörjaborna än vad som var absolut nödvändigt.

När hon tvekade hade det kommit en annan glimt i Unos ögon och med ett tonfall som hon inte riktigt kände igen hade han utbrustit:

– Var det hos Lagberg?

Monica hade inte sett någon möjlighet att hemlighålla sanningen längre utan bara nickat med tårade ögon.

– Ja, hade hon sedan svarat. Det var hos Lagberg, men det behöver ju inte betyda något speciellt, eller hur?

– Nej, nej naturligtvis inte, hade Uno sagt men hans ansiktsuttryck hade sagt något helt annat. Det behöver det förstås inte göra, men Lagbergs...

Han hade avbrutit meningen och fått en högre ansiktsfärg.

Det hade varit tyst mellan dem en stund. Endast tickandet från de olika klockorna hade hörts. Ett ljud som liksom strök under och förstärkte tidens gång, att det som en gång hänt inte kunde förändras eller göras ogjort.

– Så det finns inget i din mors anteckningar som ger dig några vinkar om var du skulle kunna söka efter din biologiske far?

Uno hade lagt sin hand på Monicas när han ställde frågan. Hon hade känt den värme och det deltagande som hon tydligt förstod fanns hos den lyhörde mannen vid vars köksbord hon befann sig.

– Neej, hade hon bara svarat. Det är väl inte troligt att jag någon gång får veta. Jag vet inte vart jag ska vända mig för att komma ett steg närmare sanningen. Just nu känns det mest som om det bara blir större ringar på min historiska yta.

De hade inte kommit längre under kvällen. Monica hade tackat för sig och satt sig i bilen för att åka hem. Det hade slutat snöa, men väglaget hade inte varit det allra bästa så hon hade tagit det väldigt lugnt.

Ändå hände det som inte fick hända. När hon svängt av från den större vägen mellan Kornlanda och Sävby hade hjulen tappat greppet i en av de många svängarna på den mindre vägen. Monica hade förgäves försökt häva den sladd som uppstått men bilen hade ändå plöjt rakt ut i diket. Farten hade inte varit hög så hon hade kunnat ta sig ur bilen utan några kännbara skador, men att få upp den på vägen igen hade hon bedömt som lönlöst att ens försöka.

Kvällen hade hunnit bli ganska sen varför hon raskt bestämt sig för att ta sig till närmaste hus för att kunna ringa efter hjälp. Hon hade dock inte hunnit gå så många steg förrän vägen hade lysts upp av en bil från andra hållet och strax därefter hade ingen mindre än Valter Lagberg bromsat in bredvid henne.

Monica hade känt sig väldigt kluven när hon såg vem det var, men Valter hade med ett av sina märkliga leenden över ansiktet erbjudit sig att hämta traktorn och se till att hon kom upp på vägen igen. Det hade inte för ett ögonblick kunnat märkas att han på något sätt varit påverkad av händelsen i skogen.

– Du får gärna åka med i bilen så slipper du stå här och frysa, hade han sagt och gjort en inbjudande gest. Sen får du förstås försöka klämma in dig i traktorn tillsammans med mig, men det ska väl inte vara något problem.

Återigen hade han gett henne ett av de där leendena som inte nådde till ögonen. Som gjorde henne så osäker, på gränsen till rädd.

Trots att hon huttrat i den tilltagande kylan hade hon valt att stanna kvar vid bilen tills han dykt upp med traktorn och med hjälp av en bogserlina dragit upp bilen ur diket. Det andra alternativet hade hon inte ens funderat på att acceptera.

När hon frågat vad bärgningen kostade hade han bara skrattat och vinkat avvärjande med handen.

– Du kan kanske göra mig någon tjänst vid något tillfälle, hade han sagt och blinkat med ena ögat på ett sådant sätt att hon valt att stänga bildörren och lämna platsen.

Inom henne hade det rasat som en mindre storm.

När hon nu stod utanför sitt hem och betraktade stjärnhimlen upplevde hon på nytt den där obehagliga känslan som kommit över henne i mötet med Valter Lagberg. Trots hans hjälpsamhet och att det inte hänt något annat kändes det som om hans närgångenhet på något sätt klibbade sig fast vid henne och begränsade hennes frihet.

Telefonsamtalet till Eva Fridh tidigare under dagen hade varit ett sätt för henne att kunna stänga ute den negativa känslan som så lätt tycktes överväldiga henne. Hon hade känt att hon behövde träffa någon som inte belastades av någon koppling till hennes egen historia och sökande efter svar. Någon som hon bara delade nuet med.

Eva var ett enda stort leende när Monica efter en rask promenad knackade på dörren till pastorns hus. Hon gav Monica en varm kram och bjöd henne att sitta in i vardagsrummet medan hon hämtade kaffebrickan.

Monica såg sig omkring och kände igen sig från samlingen på juldagen men kunde ändå konstatera att det kändes helt annorlunda den här gången. Nu skulle hon få vara ensam med Eva och inte ha någon press på sig att smälta in i ett främmande sammanhang.

– Vad roligt att du ringde. Jag har faktiskt tänkt ringa dig flera gånger, men konstigt nog har det inte blivit av. Jag vet inte varför, men du ska veta att du funnits i mina tankar ganska ofta.

De ljusa ögonen mötte Monicas blick och det leende ansiktet skvallrade om en äkta och varm omtanke.

– Roligt att se dig i kapellet ibland, fortsatte Eva. Jag hoppas att du känner att du är välkommen dit och att det inte ställs några speciella krav på dig.

Monica log.

– Om det ställs några krav är det nog bara jag själv som står för dem, sa hon sakta och eftertänksamt. Jag är ju inte någon van gudstjänstbesökare precis, men de gånger jag varit med har det känts bra. Din man är en duktig talare...

Hon tystnade och visste inte riktigt hur hon skulle fortsätta. Det var ju ändå inte på det sättet att hon svalde allt som hörde tro och gudstjänstfirande till. Det fanns fortfarande en lång rad av frågetecken som behövde rätas ut.

Eva nickade bara och slog upp kaffet.

– Varsågod! Det är inte så mycket jag har att bjuda på idag.

– Tack, det här är bra mycket mer än jag brukar ha hemma, skrattade Monica och upplevde hur lätt och otvunget hon kunde prata med den soliga pastorsfrun.

De pratade en stund om det tidiga snöovädret som överraskat de flesta.

– Skönt att den inte blev liggande, sa Eva. Jag tycker nog att det är bäst om snön håller sig borta till någon gång i december. Vintern blir så lång annars.

– Jag kan hålla med, men annars gillar jag den sortens vintrar som vi har här. I Göteborg är det mycket mera grått och slaskigt under stora delar av vintern. Här kan man ju åka skidor och ha lite glädje av snön och kylan.

– Så du tycker om att åka skidor?

– Ja, jag tror nog att jag kan säga det fast jag inte har haft möjlighet att göra det så ofta. Om det nu blir snö framöver tänker jag i alla fall skaffa mig ett nytt par. Brukar inte ni åka skidor? Peter verkar ju i alla fall vara intresserad av att röra på sig. Det är inte så länge sedan jag mötte honom när han var ute och sprang...

Hon hejdade sig vid minnet av den kvällen.

– Han nämnde visst om det. Jo, han har ett ganska stort behov av att motionera. Det har jag kanske också, men det brukar inte bli så ofta för min del. Det är så lätt att hitta någon ursäkt för att skjuta upp det till en annan dag, skrattade Eva och klappade sig lite menande på magen för att understryka att behovet fanns där rent fysiskt.

– Gick det bra med din bil förresten, fortsatte hon. Jag hörde att du åkte av vägen den där kvällen när snön hade vräkt ner.

Monica hajade till lite och Eva märkte det.

– Ja, i den här byn kan man inte vara anonym, log hon. Här finns det alltid någon som ser och gärna berättar vidare. Jag ska väl inte påstå att jag är något lysande undantag på det området heller, men det som hände dig råkade jag höra i affären. Jag tror nog att det var Berta själv som nämnde det.

Monica log tillbaka.

– Det förvånar mig kanske inte direkt. Men bilen klarade sig bra. Jag har inte kunnat se några skador på den efter besöket i diket. Jag körde ju väldigt sakta så den mer eller mindre bara gled av vägen. Jag fick snabb hjälp att ta mig därifrån och det var skönt. Vädret var ju inte det allra bästa för en promenad i skor som inte var tänkta att traska i snö med.

– Det var ju skönt att det inte hände något allvarligare och att du inte behövde vara någon längre tid ute i kylan. Det var visst Valter Lagberg som dök upp så lägligt. Men från det ena till det andra. Det lät på dig som om du hade ett ärende när du ringde. Är det något som du tror att jag kan hjälpa dig med?

Monica dröjde någon minut med att svara. Hon funderade över hur hon skulle formulera den fråga som fanns inom henne utan att det skulle låta alltför underligt i Evas öron.

– Jaa, sa hon lite dröjande. Det låter kanske konstigt, men ända sedan i somras när jag var med på en gudstjänst i kapellet har en sångstrof inte lämnat mig. Den har dykt upp inom mig i de mest olika sammanhang. Jag skulle nästan kunna säga att den har förföljt mig, men det har inte känts obehagligt på något sätt. Det är en strof från en sång som vi alla sjöng tillsammans den där söndagen...

Hon tystnade och tittade lite oroligt mot Eva för att se hur denna reagerade.

– Ja, så kan det ju bli ibland, sa Eva. Det händer mig också. Ibland är det något man hör i kapellet eller kan det vara något som spelas på radion eller kanske i ett teveprogram. Vad är det för strof?

Monica kände sig plötsligt generad och funderade över vad hon hade gett sig in på. Inte kunde hon väl sätta igång och sjunga den där strofen inför Eva? Fast vad hade hon för alternativ.

– Blicka mot himlen opp, sjöng hon med låg stämma och kände samtidigt hur sångstrofen på nytt blev så betydelsefull för henne. Det är allt jag kommer ihåg, men just de orden och melodin har verkligen stannat kvar inom mig.

– Åh, det är ju från "Löftena kunna ej svika", sa Eva. Ja, den sången händer det att vi sjunger ibland. Vänta en minut så ska jag bara hämta sångboken.

Hon var strax tillbaka och räckte den uppslagna boken till Monica så att hon själv kunde läsa texten. Hon läste första versen och kom till refrängen.

Himmel och jord må brinna, höjder och berg försvinna, läste hon tyst för sig själv.

Språket kändes lite främmande för henne, men hon trodde sig ändå förstå vad det hela handlade om. Hon fortsatte att läsa samtliga versar och försökte förstå vad det var som hade haft en så stark inverkan på Valter Lagberg därute i skogen.

– Jag tyckte om melodin när jag hörde den första gången, sa hon. Den hade lätt för att stanna kvar på något sätt. Men samtidigt var det just de där orden som betydde något alldeles speciellt för mig. Jag vet inte om jag kan förklara det, men det var som om jag behövde den där uppmaningen just då.

Eva betraktade henne med stort intresse men hon sa inget.

Det var tyst en stund.

Monica läste på nytt igenom sångtexten.

– Lewi Pethrus, sa hon sedan. Vem är det? Vet man något om när och varför han skrev den här sången?

– Har du aldrig hört talas om honom, sa Eva och höjde lite på ögonbrynen.

Monica tänkte efter ett varv till.

– Kanske, sa hon.

– Han var pastor och en av de mest kända ledarna inom frikyrkorna i landet, sa Eva. Men han dog för bara ett par månader sedan. Jag är inte riktigt säker, men jag tror att han skrev sången när hans fru var allvarligt sjuk. Jag läste hans memoarer för ganska länge sedan. Det kan hända att Peter vet lite mer. Jag kan fråga honom när han kommer hem.

– Nja, det behövs kanske inte, invände Monica. Jag var bara så nyfiken på källan till den där strofen som kommit att fastna inom mig på ett sätt som jag inte tror att jag varit med om tidigare. Tack för att du tog dig tid. Tror du man kan köpa bara den här sången med noter till?

– Det går säkert.

Monica kastade en blick på armbandsuret och konstaterade att det var tid för henne att återvända hem. Inte för att kvällen blivit så särskilt sen, men det kom ju en dag i morgon också. Därtill kände hon att hon helst av allt ville vara ensam med sina tankar efter att ha fått stifta bekantskap med hela den sång som förut bara varit en lösryckt strof.

– Du vill kanske låna med dig boken, sa Eva när hon såg att Monica gjorde sig beredd att tacka för sig. Det får du gärna. Vi har faktiskt mer än en här hemma.

– Tack, gärna!

När hon fått på sig ytterkläderna fick hon en kram av Eva.

– Vad roligt att du tittade hit. Du ska veta att du alltid är välkommen att höra av dig om det är något. Det är därför vi finns här, både Peter och jag.

– Tack, men nästa gång vi ses kanske det kan bli hemma hos mig. Det skulle vara roligt!

– Gärna, mycket gärna! Hör bara av dig!

På vägen hem fick hon akta sig så att hon inte hamnade bredvid vägen eftersom hon kände en sådan lust och längtan att lyfta blicken mot himlen opp.

Sjuttonde kapitlet

Det var fredagskvällen före första söndagen i advent när Monica öppnade dörren och välkomnade Agneta och Lena till Larssons i Dörja.

– Det var verkligen på tiden! Välkomna!

– Ja, du har ju inte haft tid med oss förrän nu, skrattade Agneta. Vi började faktiskt undra om telefonlinjen låg nere helt eller om det var något annat som så totalt uppslukat dig.

Hon gav Monica en riktig kram samtidigt som orden forsade ur henne.

Lena, som väntade på sin tur att få krama bästa väninnan, himlade med ögonen och suckade lite grann.

– Så roligt att se dig igen, sa hon in i Monicas öra när hon äntligen fick sitt tillfälle. Jag var nästan rädd att jag inte skulle känna igen dig, men du har ju inte förändrats ett enda dugg. Samma frisyr och allting...

De fortsatte att munhuggas på sitt vanliga sätt och Monica kände en stor tillfredsställelse när hon kunde konstatera att allt var precis som vanligt.

Nästan i alla fall.

– Tänk att du blev bosatt i den här avkroken av världen, sa Agneta. Vem kunde tro det för ett par år sedan.

– Åja, så avsides är det väl ändå inte, försvarade Monica sin nya hembygd. Här finns faktiskt det mesta som man behöver inom räckhåll. Skillnaden är kanske bara att man kan variera sig lite mer. Ibland åker man till Kornlanda. Ja, det blir det kanske för det mesta, men annars kan man besöka Boksjö eller Norrstad eller Sävby när man behöver inhandla något eller kanske bara besöka ett kafé. Det blir mera omväxlande på det viset. I Göteborg är det alltid Göteborg, eller hur?

Väninnorna växlade en snabb blick och skakade lite på huvudena.

– Du är fast, det saken är fullständigt klar, sa Agneta. Jag undrar vad det kan vara som så totalt kunnat få dig att klippa alla band till din barndoms och ungdoms underbara stad.

– Så poetiskt du uttrycker dig, log Monica. Fast det är inte sant att jag klippt alla band. Jag tar allt en tur tillbaka ibland, men det blir inte så ofta. Mors och fars grav finns ju där och den vill jag besöka även om jag måste erkänna att minnena inte i första hand är förknippade med en ruta på en kyrkogård och en gravsten.

Hon svalde när minnet av föräldrarna gjorde sig lite extra påmint.

– Du saknar förstås din mamma väldigt mycket, sa Lena och strök Monica över kinden. Hon var ju en sån fin människa. Jag kan inte fatta att hon inte finns kvar ibland oss...

Monica nickade.

– Joo, det gör jag allt. Men jag har ändå insett att det inte finns något som kan ändra det som hänt. Jag måste leva vidare och se framåt...

Hon tystnade och kände att det hon just sagt inte stämde speciellt bra med hur hon innerst inne hade det. Om det var något hon sysslat med den senaste tiden var det knappast att se framåt. Men det kunde hon inte dela med sina väninnor, inte än i alla fall.

För att komma bort från tankarna och ämnet föreslog hon en gemensam aktivitet i köket.

– Jag har förberett en del, men tänkte att ni kanske skulle vilja hjälpa till lite, sa hon och räckte ett par förkläden till de båda väninnorna som utan protester knöt dem om sig och raskt tog sig an de olika uppgifter som Monica redan funderat ut åt dem.

När de var mitt uppe i matlagningen kände Monica hur mycket av det som hänt den sista liksom kom lite i skymundan. Det var som om hon förflyttades bakåt i tiden då samvaron med Lena och Agneta var ständigt återkommande. Då hade de mer än en gång hjälpts åt på precis på samma sätt som de gjorde just nu.

Hon hejdade sig ett ögonblick och lät blicken vila på de båda väninnorna som verkade helt upptagna med det de just hade för händer. Det kändes gott långt in i hjärtat när hon såg dem tillsammans i hennes kök.

Hon plockade fram tre glas ur skåpet och hällde upp ur vinflaskan som hon öppnat lite tidigare. Så räckte hon glasen till de andra och utbrast:

– Skål och välkomna till Larssons i Dörja! Hoppas vi kommer att få en fin helg tillsammans!

Lena och Agneta var inte sena att klirra sina glas mot hennes och smaka på innehållet.

– Larssons, sa Agneta. Heter det verkligen så?

Monica skrattade.

– Ja, i folkmun är det så. Om man säger Larssons vet alla vilket hus det handlar om.

Väninnorna skakade på huvudena, men ingen av dem hade någon mer kommentar.

När förrätten var klar och huvudrätten stod i ugnen tog de av sig sina förkläden för att slå sig ner vid det dukade bordet.

I samma stund ringde telefonen.

Monica gjorde en grimas samtidigt som hon övervägde att strunta i att svara. Den som ringde fick väl försöka vid något annat tillfälle. Vem kunde det vara som hade ärende till henne så här på fredagskvällen?

– Äh, svara du, sa Agneta. Vi sitter inte i sjön.

– Monica! Omedvetet sänkte hon rösten när hon lyft telefonluren.

– Hej, Monica! Stör jag kanske?

– Hej Tage! Nej, du stör inte, men jag har just besök av ett par väninnor och vi har satt oss till bords. Jag kan väl höra av mig till dig lite senare. Eller kanske i morgon om det inte brådskar alltför mycket...

– Nej, det brådskar inte och nu när jag vet att du har främmande ska jag inte uppehålla dig mer. Du behöver inte ringa så länge dina väninnor är kvar. Vi kan väl talas vid till veckan.

Monica kunde inte undgå att höra att det fanns en besvikelse i Tages röst även om han nog gjorde sitt bästa för att det inte skulle höras. Fastän nyfikenheten väckts hos henne bestämde hon sig för att inte fundera över vad han kunde ha haft för ärende. Nu skulle hon bara ägna sig åt sina goda vänner.

– Var det kanske han?

Agneta kunde inte dölja den nyfikenhet som tydligen brann inom henne när Monica återvände till bordet.

– Vilken han?

– Spela inte ovetande. Jag menar förstås mannen som du hade besök av på födelsedagen. Du kommer kanske inte ihåg att jag faktiskt råkade ringa och gratulera dig? Du var väl alltför upptagen av din besökare, antar jag...

Agnetas leende var inte svårt att tolka.

– Ja, nu måste du berätta, fyllde Lena i. Agneta har berättat för mig hur hemlighetsfull du var då hon ringde.

Monica såg från den ena till den andra med ett retsamt leende över hela ansiktet.

– Det finns inget att berätta, sa hon sedan med eftertryck. Visst hade jag besök på födelsedagen, men det handlade inte om något sådant som ni kanske tror. Jag ska säga precis hur det var. Det var min hyresvärd i Kornlanda, ja han som jag hyr kontoret av, som kom med blommor på födelsedagen. Att jag blev överraskad är nog det minsta man kan säga...

– Vad spännande, avbröt Agneta. Vad heter han? Är han en sådan där fastighetsförvaltare? Rik som ett troll förstås...

– Han heter Uno. Uno Lövgren och han är faktiskt urmakare. Han har sitt urmakeri och sin affär i samma fastighet som mitt kontorsutrymme. Jag tror att det egentligen är hans föräldrar som äger fastigheten, men de bor på en gård en bit från stan så det är Uno som sköter om fastigheten.

– Urmakare! Ding, dång, skrattade Agneta. Hur gammal är han? Är han något att satsa på?

Monica svarade inte direkt. Hon tyckte inte om den vändning som samtalet tagit. Utan att riktigt förstå varför kände hon sig lite främmande för den ytlighet som så tydligt exponerades hos väninnorna.

– Jag vet inte hur gammal han är, sa hon till sist. Men att han är en duktig urmakare kan jag bekräfta. Den där gamla klockan som följde med huset har han reparerat så att den fungerar alldeles utmärkt. En bra hyresvärd är han också, men nu tycker jag att vi lämnar det ämnet. Det var i alla fall inte han som ringde.

Hon kunde se att väninnorna inte var helt nöjda med det beskedet, men det struntade hon faktiskt i.

Hon kände inte någon lust att inviga dem i de tankar som hon själv brottades med när det gällde relationen till Uno Lövgren.

– Nu måste vi ta oss an förrätten, sa hon och höjde glaset. Annars hinner vi inte bli klara med den förrän huvudrätten är klar. Känn er riktigt varmt välkomna!

Glasen klirrade och munnarna tystades av den goda förrätt som de själva lyckats åstadkomma.

– Förlåt mig Monica, sa Agneta mellan tuggorna. Jag ville inte vara påflugen. Men du vet ju hurdan jag är...

Monica log.

– Ingen fara, sa hon. Jag tål nog en hel del, men jag hoppas vi kan ha annat att prata om när vi nu inte har träffats på så länge. För att stilla din nyfikenhet kan jag i alla fall berätta att den som ringde heter Tage Persson och borde vara nånstans bortåt åttio. Vi har lärt känna varandra på ett speciellt sätt och ringer varandra ibland. Han var den förste som jag blev bekant med här i byn. För att göra dig lite fundersam kan jag tala om att jag firade nyår tillsammans med Tage för snart ett år sedan. Ja, han fick till och med sova över här hos mig eftersom ingen av oss var i skick att köra bil.

Hon skrattade när hon såg de andras förvånade ansiktsuttryck.

– Monica! utbrast Lena. Sitter du och driver med oss eller ska vi verkligen tro vad du säger?

– Det är sant. Jag kände mig så ensam på nyårsafton och fick för mig att ringa Tage eftersom jag lärt känna honom lite mer än någon annan i byn. Han satt också ensam och var inte så svår att övertala. Jag hämtade honom med bilen och sedan hade vi en oförglömlig kväll tillsammans. Jag vet inte om jag någonsin tidigare upplevt en sådan nyårsafton.

Agnetas ögon fuktades när hon mötte Monicas blick.

– Jag tror dig, sa hon. Du skulle aldrig kunna hitta på något sådant om det inte var sant. Men jag fattar inte att du verkligen gjorde det. Du har verkligen förändrats sedan du flyttade hit till Larssons...

Monica kände sig varm inombords när hon insåg att förtroligheten dem emellan fortfarande levde. Borta var ytligheten och det lite ungdomliga flamset. Kvar fanns den nära gemenskapen som vuxit sig stark genom alla de år som de känt varandra.

– Om ni ger er till tåls kommer jag säkert att berätta mer för er, sa hon. Ni är ändå mina allra närmaste och bästa vänner. Ingen kommer någonsin att kunna ersätta er eller ta den plats som ni har i mitt liv. Jag hoppas verkligen att ni känner likadant...

– Absolut, sa Agneta. Det skålar vi på.

– Ja, det gör vi, sa Lena med en röst som darrade lite.

Kvällen blev lång för de tre kvinnorna. Vid en flammande brasa blev de så småningom ganska sentimentala medan de delade minnen från ungdomstiden. Den gamla klockans klang påminde dem regelbundet om att tiden gick, men ingen av dem kände något större längtan att bryta den förtätade stämningen.

– Det är något alldeles speciellt med det här huset, sa Lena och strök med handen över väggen bakom sig. Det är som om det hade en egen själ på något sätt. Som om själva huset vore levande...

– Känner du det också, sa Monica. Jag trodde att det bara var jag som blivit så förändrad av miljöbytet. Ska jag berätta lite om dem som bott här tidigare?

Artonde kapitlet

Klockan slog tio dova slag just när Monica vaknade på måndagen. Hon hade gett sig själv en ledig dag efter besöket från Göteborg och struntat i att ställa väckarklockan. Hon hade tydligt känt ett stort behov av att ta igen lite av den sömn som det varit sparsamt med under väninnornas besök.

Sakta återvände hon från sömnens rike till den tystnad som nu kändes riktigt påtaglig efter ett par dagar då huset vibrerat av liv.

Hon sträckte på sig i sängen och bara njöt av att inte behöva göra något alls.

Den som ändå haft någon som hade kunnat fixa morgonkaffe på sängen, tänkte hon och återupplevde minnet av söndagsmorgonen då Lena kommit uppför trappan med kaffebricka och tänt ljus. Hon hade verkligen blivit överraskad, men sådan var ju Lena förstås. Det lät inte så mycket omkring henne som när det handlade om Agneta, men hon hade ett hjärta av guld. Omtänksam och påhittig.

– Jag tänkte att du skulle få chansen, hade Lena sagt med ett leende i sitt annars ganska allvarliga ansikte. Du har väl inte så lätt för att få det serverat i vanliga fall. Om du inte har din Tage som nattgäst förstås...

Monica hade inte kunnat hålla tillbaka ett skratt.

– Min Tage, hade hon sagt och liksom smakat på orden. Det låter inte så dumt faktiskt.

– Berätta gärna lite mer om din vän, hade Lena insisterat. Det känns som om han är värd att du uppmärksammar honom lite extra. Det jag hört hittills har faktiskt gjort mig ganska nyfiken på honom. Kanske till och med lite avundsjuk på dig som lyckats lära känna en sådan som han.

– Ja, Tage är speciell, hade Monica svarat. Han och jag har kanske något alldeles extra gemensamt. Sådant som vi inte kan dela med någon annan. Annars är han väl som andra i den åldern. Sitter ensam i sin stuga tillsammans med en katt.

– Men vad är det då som gör honom så speciell? Lena hade varit envis.

– Ja, vad är det egentligen, hade Monica sagt och fått anledning att fundera ett extra varv omkring sin starka relation till Tage. Du får förlåta mig Lena, men jag tror inte jag kan förklara det för dig så här på sängkanten. Jag hoppas att jag ska kunna berätta mer för både dig och Agneta med tiden, men i nuläget kan jag nog inte säga mer än jag redan sagt.

Efter en sen frukost hade de tre tagit en lång promenad. Den här gången hade väninnorna insisterat på att få se lite mera av själva byn. Vädret var som gjort för att vara ute och de hade sakta strosat vägen fram medan Monica försökt berätta det hon visste om byn och dess människor.

När de stannat vid kapellet hade hon utan omsvep låtit dem förstå att hon vid några tillfällen hade bevistat några samlingar där.

– Jag var där på julotta och blev sedan bjuden till pastorn och hans fru, hade hon sagt till de alltmer förvånade kvinnorna i hennes sällskap. Sen har jag varit där ett par gånger till.

– Ojdå! Har du gått och blivit religiös också! Agneta hade inte kunnat hålla inne sin spontana reaktion på det Monica berättat. Det var kanske inte precis vad jag väntat mig, men i den här byn tycks det mesta kunna hända. Det förklarar kanske en hel del av den förändring som vi nog inte kunnat undgå att lägga märke till hos dig. Eller hur, Lena?

Innan Lena hunnit ge sin kommentar hade Monica snabbt förklarat vilken relation hon för tillfället hade till kapellet, pastorns och annat som hörde den sfären till.

– Jag vet inte om jag kan säga att jag blivit troende om det är det du menar, hade hon sagt. Religiösa är nog kanske många fler än vi anar, men övertygat troende som en del av dem jag mött i kapellet finns det nog inte så många av. Jag tillhör inte dem i alla fall...

– Förlåt, hade Agneta sagt och sett henne in i ögonen. Jag tror nog att du förstår vad jag menar och jag lade ingen värdering i det jag nyss sa. Det, det kanske finns något i det där som kyrkan står för trots allt...

Samtalet hade dött ut medan de fortsatt sin promenad vidare genom byn. Det var som om ingen av dem riktigt hade kunnat hantera de frågor som blivit en följd av det korta meningsutbytet.

När de skymtat Tages hus uppe i backen hade Monica ändå funnit något av en utväg ur den tystnad som uppstått och med ett leende hade hon berättat att det var där han bodde.

De hade sett att det kom rök ur skorstenen och Lena hade kastat fram tanken att de kanske skulle hälsa på hos honom. Monica hade tvekat men då även Agneta insisterade på ett besök hade hon gett efter.

– Men jag vet inte hur klokt det är, hade hon sagt. Komma så här utan att ha aviserat vår ankomst.

– Verkar han upptagen får vi väl vända tillbaka till Larssons igen, hade Agneta sagt. Du kan väl knacka på först och se om det passar.

Tage hade lyst upp när han fått se Monica.

– Monica, hade han utbrustit med en röst som övertygade henne om att han verkligen längtat efter att få se henne. Kom in! Kom in för all del!

Hans ansikte hade tappat lite av glädjeskimret när Monica förklarat att hon hade sina väninnor med sig, men efter bara några sekunders tveksamhet hade han bjudit in dem alla tre på kaffe.

– Bullar, Monica, hade han sagt. Jag har nybakade bullar med saffran i. Dom måste ni smaka...

På hemvägen hade både Agneta och Lena uttalat sin förståelse för att Monica fått en sådan speciell relation till den äldre mannen.

– Där har du ju fått som en ny pappa, hade Agneta sagt och Monica hade varit glad för att väninnan inte tittade direkt på henne när hon uttalade de orden.

När hon nu låg där i sängen och drog sig för att kliva upp kom just de där orden tillbaka till henne igen. Agneta hade säkert inte tänkt så mycket djupare på vad hon sagt. Hon lät ju ibland bara munnen gå, men för Monica hade det satt igång tankeapparaten igen.

Pappa, tänkte. Var finns min pappa? Vilar han på kyrkogården här i Gamla Norrsjö eller finns han någon annanstans? Kommer jag någonsin att få svar på den frågan?

Tage, tänkte hon sedan. Jag lovade ju Tage att kontakta honom efter helgen.

När den tanken slagit rot var det inte lika svårt att ta sig ur sängen och börja ordna med frukosten. Nu hade hon något som väntade. Nu hade hon något som skulle uträttas.

När hon lyfte luren och slog numret till Tage kände hon att det var betydelsefullt. Det var inte bara en artig handling, något som hon lovat. Det här måste bara vara en viktig del i det som fortfarande upptog en stor del av hennes engagemang.

På väg till Tage kastade Monica några extra blickar in mot huset där Lagbergs bodde. Fast hon egentligen hade bestämt sig för att inte ägna Valter Lagberg mer uppmärksamhet än vad som var absolut nödvändigt var det som om både blicken och tanken liksom drogs mot just den gården och de människor som bodde där.

Undrar hur Britt har det, tänkte Monica. Det kan väl inte vara särskilt roligt att vara gift med en sådan som Valter. Om det nu är sant som han gett uttryck för vid mer än ett tillfälle måste det vara ett speciellt äktenskap. Knappast av det lyckligare slaget om hon fick ha en åsikt, men vad visste hon egentligen...

Kanske var det Britt som drev mannen mot nya erövringar. Monica kom plötsligt ihåg både minspelet och den lite märkliga kommentaren som hon fått från fru Lagberg då hon bevistade deras sommarfest. Om hon tolkat den rätt vid det tillfället fanns det en viss distans till den äkta mannen hos kvinnan som var hans lagvigda.

Monica ryste till när tankarna började snurra alltför mycket omkring makarna Lagberg. Vad hade hon för anledning att fördjupa sig i deras inbördes relationer? Hon lyfte blicken mot den molnfria vinterhimlen och kände hur den märkliga strofen från sången på nytt började tona inom henne.

Det kändes bra.

Katten kom och mötte Monica när hon svängde in genom grinden till Tages trädgård. Den strök sig mot hennes ben och hon hörde tydligt hur den spann. När hon nästan var framme vid trappan öppnades dörren och Tages leendet ansikte strök ytterligare under hur efterlängtad och välkommen hon tydligen var.

Vid det dukade kaffebordet kände Monica något av en hemkänsla. Agneta hade nog varit mycket nära sanningen när hon konstaterat att Monica funnit en ny pappa i Tage Persson. Det kändes både varmt och smärtsamt i hennes inre när hon betraktade den äldre mannen som ägnade henne ett sådant intresse och en sådan omsorg som knappast någon förälder i världen kunde överträffa.

– Vad bra att du hade tid att komma så snart, sa Tage. Du har väl inte tagit ledigt från arbetet bara för min skull?

Monica skakade på huvudet.

– Nej då. Fast jag skulle mycket väl kunnat gjort det. Men nu kände jag faktiskt ett visst behov av att sova ut och ta det lite lugnt efter helgen. Du kanske förstår att det inte blev mycket av lugn och ro så länge Agneta och Lena fanns i huset.

Tage skrattade lite.

– Nej, det var ett par levnadsglada flickor, sa han med glimten i ögat. Särskilt den där ljusa som inte hade särskilt svårt för att hålla igång ett samtal. Fast jag tyckte nog lite bättre om den andra. Det kändes som om det fanns ett djup i henne även om hon också kunde prata och skratta.

– Ja, lika är de absolut inte. Men vi tre har hängt ihop sedan skoltiden och jag tror nog att vi kompletterar varandra på ett alldeles särskilt sätt. De är mina absolut mest förtrogna vänner.

Monica tystnade lite, men så fortsatte hon:

– Fast nu finns du ju med i den skaran också...

Tage blev blank i ögonen och fick plötsligt ett behov av att resa sig för att servera kaffe.

– Som du säger flicka lilla.

– Jag menar det. Du betyder väldigt mycket för mig. Jag vill att du ska veta det.

Det blev inte mera sagt på en stund. Det var som om ingen av dem vågade sig på att bryta den lite smått magiska stämning som plötsligt infunnit sig vid kaffebordet.

Till slut var det ändå Tage som bröt tystnaden.

– Jag har funderat, sa han och strök med handen över vaxduken på bordet. Jag ville egentligen lämna allt bakom mig, som jag sa senast vi pratades vid, men jag har inte kunnat göra det ändå. Det känns inte helt rätt att göra det.

Han tystnade och blicken tycktes försvinna någonstans i fjärran som om han sökte efter något att fokusera på.

Monica satt tyst. Hon kände att det absolut inte var läge att försöka driva på, att få honom att fortsätta. Det enda kloka var att avvakta, att invänta en eventuell fortsättning.

Den kom.

– Det är kanske inte bara en känsla, fortsatte Tage. Det grundar sig kanske mer på att jag hade besök av Arvid häromdagen. Det var därför jag ringde till dig.

Monica hajade till en aning och kände hur hjärtat slog i en allt snabbare takt.

– Jag anade att det var något särskilt som låg bakom det samtalet, sa hon. Det liksom riktigt kändes att du verkligen var angelägen om att träffa mig.

Tage nickade.

– Jo, så var det nog, men när jag förstod att du var upptagen av ditt besök från Göteborg kände jag också att det faktiskt inte var så bråttom med mitt ärende. Om jag fick vänta några dagar hade ingen betydelse.

Så fick Monica ta del av de tankar och funderingar som blivit följden av Arvids besök hos Tage. Allteftersom hon lyssnade till vad han hade fått veta genom Arvid på Sniskan och vilka slutsatser som han dragit därav insåg hon att så nära svaret på sina allra innersta frågor hade hon nog aldrig tidigare känt att hon varit.

– Jag måste nog erkänna att jag varit alltför skeptisk mot Arvid och hans funderingar omkring vad som hände när Lilian fanns där på Lagbergs gård, sa Tage medan han masserade sitt värkande ben. Jag har väl inte velat tro att det skulle finnas någon substans i det som han försökt prata med mig om. Jag har nog varit alltför blockerad i min tankevärld eftersom jag trott att han i första hand anklagade mig för det som hände henne. Jag hade ju en stark känsla av att han fanns där i närheten mer än en gång när Lilian smög sig undan för att kunna träffa mig.

Han tystnade och blundade som om han försökte stänga ute de minnesbilder som tydligen trängde sig på.

– Men du har ju sagt att du inte trodde att Arvid och mamma hade någon närmare kontakt med varandra, sa Monica och kunde inte hjälpa att tonen blev en aning anklagande.

– Så sant, så sant. Jag har varit ganska säker på den saken, men nu måste jag erkänna att det kanske varit någon form av önsketänkande från min sida. Inte för att jag någon gång tvivlat på Lilians känslor för mig, men efter vad Arvid berättat måste jag inse att det fanns fler som kom att stå henne mycket nära under den där tiden.

Han strök sig över ögonen och grimaserade lite för att inte överväldigas av de känslor som tycktes bli honom övermäktiga. Monica led med honom men visste att hon inget kunde göra.

– Hon var så öppen och tillmötesgående mot alla, sa han med en röst som darrade av återhållna känslor. Hon förstod nog inte att det kunde finnas grumliga motiv bakom andras sätt att vara mot henne. Hon trodde alla om gott och ville inte att någon skulle känna sig utanför eller bortstött. Hon var alltför god för den omgivning som hon befann sig i, alldeles för god för de människor som fanns i hennes närhet, alldeles för god för mig också...

Monica reste sig och slog armarna om honom där han satt.

– Så får du inte tänka, sa hon. Det var ju dig hon älskade. Det var dig hon ville dela sitt liv med.

Tage snörvlade och Monica kände hur han riktigt skakade av allt det som rörde sig inom honom. Hon fortsatte att hålla om honom en lång stund medan han långsamt lyckades bemästra sina känslor och fortsätta att prata om det som skapat de livslånga såren i hans allra innersta.

Nittonde kapitlet

Monica satt alldeles stilla en lång stund i bilen sedan hon med en viss möda lyckats styra in den mellan de bastanta stenstolparna som stod på varsin sida av den ganska smala infarten till den lilla stugan i skogen. Hon tog in hela bilden som innehöll en väderbiten och blekt rödfärgad stuga av obestämd ålder omgiven av snötyngda granar och ett antal andra knotiga träd som skulle kunna vara någon form av fruktträd.

Hon funderade över hur hon skulle ta kontakt med den som bodde i huset på ett naturligt sätt. Efter vad hon fått veta av Tage kunde bemötandet bli allt från en stängd dörr till ett vidöppet hjärta.

– Judit i Skatebo, hade han sagt med eftertryck. Jag tror att du ska försöka få kontakt med henne. Jag har inte tänkt på det tidigare, men efter Arvids besök har det slagit mig att hon kanske vet något som vi andra inte vet. Judit och Rut Larsson hade mycket gemensamt längre tillbaka i tiden har jag förstått.

Monica hade känt sig väldigt tveksam, men samtidigt såg hon här en möjlighet att komma vidare, att få en ny infallsvinkel i sin strävan efter att komma till klarhet omkring sitt ursprung.

– Känner du henne väl, hade hon frågat Tage men fått till svar att det ville han inte påstå att han gjorde.

– Det är nog inte så många som kan säga att de känner Judit väl, hade han sagt med ett litet leende. Hon tillhör inte dem som söker gemenskap med byborna precis. Tvärtom skulle man kanske säga. Men du har kanske stött på henne fast du inte tänkt på det. Du läser väl Norrstads Dagblad? Eller du kanske håller dig till Kornlanda-Posten?

Monica hade bekräftat att hon på sätt och vis läste båda. Dagbladet hemma och Posten på arbetet.

– Då har du kanske sett att det finns med någon liten blänkare ibland som är skriven av Judit i skogen, hade Tage förtydligat.

Monica hade tvingats erkänna att det nog hade gått henne förbi, men när hon sedan kommit hem hade hon letat igenom en massa gamla tidningar som hon ännu inte hunnit göra sig av med och faktiskt funnit ett par inlägg av Judit. Tänkvärda tankar, hade hon konstaterat.

Det hade framkommit i samtalet med Tage att denna Judit helst höll en viss distans till byborna. Skatebo, som stället där hon bodde kallades, låg ganska avsides från all annan bebyggelse. Därtill hade Tage haft en känsla av att Judit hyste någon form av agg mot de allra flesta som bodde i Dörja. Vad det grundade sig på visste han inte, men något hade väl hänt någon gång.

– Jag tror inte att hon skulle direkt välkomna mig om jag kom dit, hade han sagt. Inte för att jag kan peka på något oss emellan, men min känsla är att hon betraktar även mig med en stor portion misstänksamhet. Om det är något som Judit är känd för så är det nog just den där överdrivna misstänksamheten...

Hur undviker jag att drabbas av just denna misstänksamhet, tänkte Monica medan hon öppnade bildörren och klev ur bilen. Det här var spännande, riktigt spännande.

Hon började gå mot huset på den noggrant upp-skottade gången. Hon såg att det rök ur skorstenen och när hon kommit ungefär halvvägs tyckte hon sig ana hur det rörde sig bakom gardinen i fönstret till höger om den lilla verandan som fanns mitt på husets framsida.

Aha, redan observerad i alla fall, tänkte hon och kände sig allt annat än säker på hur hon skulle agera. Hon brukade vanligtvis inte ha några större problem med att ta kontakt med okända människor, men den här gången kändes det nervöst.

Hon dröjde lite på stegen, men vågade inte stanna upp helt eftersom hon troligtvis var föremål för ett stort intresse inifrån huset. Om hon stannade gav hon direkt en signal om att hon förstått att hon var iakttagen och det skulle säkert inte bättra på förut-sättningarna för att komma till tals med Judit i Skate-bo. Det enda alternativet var att fortsätta som ingen-ting hänt.

Framme vid verandan stampade hon av sig den snö som fastnat på skorna innan hon lyfte handen och bultade på den låga dörren in till stugan.

Det var alldeles tyst.

Snön runt stugan dämpade alla eventuella ljud ut-omhus och från stugans inre hördes ingenting.

Monica väntade med spänning och gjorde allt hon kunde för att inte visa den stegrande nervositeten som hon drabbats av inför besöket.

Så hörde hon svaga ljud innanför dörren och strax öppnades den på glänt och ett rynkigt kvinnoansikte visade sig. Den hårt hopknipna munnen och de granskande ögonen visade inga som helst tecken på att besöket var välkommet.

– Jaa?

Den knarrande rösten var full av frågetecken.

Monica tyckte sig också märka en viss förvåning, ja kanske till och med överraskning, även om den gamla kvinnan gjorde sitt bästa för att dölja detta.

– God dag, sa Monica och kom på sig själv med att niga lite lätt. Jag heter Monica Björkegren och är ganska nyinflyttad här i närheten. Jag håller på att bekanta mig med omgivningarna runt omkring och vill gärna lära känna dem som bor i min närhet.

Hon tystnade och undrade hur det hela skulle avlöpa. Hennes egen bedömning av sin öppningsreplik gav den inte särskilt högt betyg.

Det rynkiga ansiktet tycktes ändå slappna av en liten aning och dörren öppnades några centimeter till.

– Är det hon som bosatt sig i Larssons kanske?

De granskande pepparkornsögonen fick ett litet stänk av samhörighet.

Monica nickade.

– Det stämmer, sa hon och kände att hon kunde le utan att anstränga sig. Det är där jag bor. Jag köpte stället som sommarboende, men nu bor jag där året runt.

En aning till leende passerade för ett ögonblick den gamla kvinnans ansikte.

– Vill hon komma in kanske? Det drar så kallt här i dörren.

Monica var inte sen att ta vara på erbjudandet. Hon fick böja på huvudet för att inte slå i karmen när hon steg in genom dörren. Det var verkligen en gammal stuga som Judit i Skogen hade som sitt hem.

– Ta med jackan in i köket, sa den gamla. Här i farstun har jag ingen värme. Och låt för all del skorna följa med...

Monica förundrades över den spänst som den gamla kvinnan uppvisade när hon gick före in i det trivsamma och varma köket. Efter vad Tage berättat borde Judit vara omkring nittio, men det skulle Monica aldrig ha gissat när hon såg hennes rörlighet.

På köksbordet låg dagens tidning bredvid ett anteckningsblock och en penna. Monica hade inte tänkt vara nyfiken, men kunde inte undgå att se en del av den text som fanns nedskriven på blocket.

Något nytt för tidningen, tänkte hon.

Judit lade märke till hennes blick och skyndade sig att ta undan blocket och torka av vaxduken trots att det inte såg ut att behövas.

Det knastrade från köksspisen och det doftade jul i köket. Judit var tydligen ute i god tid med julstöket.

– Vill hon ha kaffe?

– Tack, men inget besvär för min skull, sa Monica.

– Besvär! Det är väl inget besvär, knarrade Judit och Monica blev ängslig att hon sagt något olämpligt. Men vill hon ha kaffe eller vill hon inte ha kaffe?

– Ja tack, sa Monica. Jag tar gärna en kopp kaffe men...

– Inga men, avbröt den gamla damen och hötte lite med fingret mot henne. Nu vet jag hur hon vill ha det och då ska det bli så. Sitt fram på soffan så länge.

Monica förstod att det skulle bli kokkaffe när hon såg Judit fylla den gamla kaffepannan med vatten och måtta till med några skedar kaffe innan hon satte den på vedspisen.

Hoppas det bara inte blir för svagt, hann hon tänka innan hon tillrättavisade sig själv inombords. Varför skulle hon låta den misstänksamhet som Tage påstått fanns hos Judit spilla över på henne själv?

Det var tyst en stund i köket. En klocka tickade någonstans och ljudet från spisen fanns där förstås också, men ingen av de båda kvinnorna sa något.

Judit vaktade på kaffepannan medan hon plockade fram en del ur skåpet i hörnet av köket.

Monica visste inte vad hon skulle säga men kände att det kanske ändå var hennes tur att säga något.

– Ni kanske undrar varför jag dyker upp så här oanmäld strax före jul, sa hon och sökte den gamlas blick. Men som jag sa är jag ju ganska ny i bygden och har inte hunnit lära känna så många än...

Judit nickade och de bruna ögonen glittrade till.

– Det förstås, sa hon. Det är inte så lätt att komma in bland dom som bor här i bygden.

När kaffet stod på bordet fäste Judit blicken på Monica och sa:

– Vad sa hon att hon hette nu igen? Var det Monica?

– Ja, Monica Björkegren.

– Monica, upprepade Judit och sög på en sockerbit som hon just stoppat i munnen för att dricka det sista av kaffet från fatet. Var har jag hört det namnet förut?

– Det är kanske inte så ovanligt, sa Monica och log. Det borde väl finnas någon i trakterna som heter så.

– Nja, jag vet inte det. Det är något speciellt med just det namnet. Det är länge sedan jag hörde det, men något säger mig att jag borde komma ihåg när och var. Det måste hänga ihop med en alldeles särskild händelse, det känner jag så tydligt. Skratta inte åt en gammal kärring för jag är säker på att det är viktigt att jag kommer ihåg vad det handlar om...

Hennes blick var fortsatt fokuserad på Monica och det syntes tydligt att hon rådbråkade sitt minne för att komma åt den minnesbild som gömt sig långt därinne.

– Jaja, fortsatte hon. Det dyker väl upp bara jag ger mig till tåls. Vi får väl prata om något annat så länge. Bor hon ensam i Larssons eller finns det fler i familjen?

Monica skakade på huvudet.

– Nej, det finns inga fler, sa hon. Min pappa har varit död länge och min mamma dog för drygt ett år sedan. Vi bodde i Göteborg men när mamma gått bort bestämde jag mig för att flytta hit till Dörja. Stugan var egentligen tänkt som ett sommarboende, men det fungerar bra att bo där året om. Jag har låtit renovera den en hel del och i grunden är det ju ett bra hus.

– Jojo, visst är det så. Jag har inte varit inne i huset på ett bra tag, men när Rut och Holger bodde där var jag där ofta...

– Dem har jag hört talas om, sa Monica. Så ni kände dem kanske väl då?

– Tror nån det, sa Judit och såg nästan lite förolämpad ut. Dom var så gott som de enda i den där byn som man kunde umgås med. Det ska jag säga henne, att det är säkrast att hålla sig på sin kant när det gäller dörjaborna. Jag är glad att jag bor som jag gör.

– Men är ni inte rädd för att bo ensam så långt från närmaste granne?

Judit betraktade henne med lite undran i blicken innan hon svarade.

– Det ena trollet tar inte det andra, sa hon med ett snett leende över det fårade ansiktet.

Monica kunde inte hålla tillbaka ett leende när hon såg in i den gamla kvinnans illmariga blick. Hon kände instinktivt hur viktigt det var att hon fick behålla den goda relationen till Judit som hon hittills tyckte sig ha lyckats etablera.

– Berätta lite om er själv, sa hon. Ni har ju levt ett långt liv och har säkert varit med om både det ena och det andra.

Judit nickade.

– Jojo, sa hon. Det har hunnit hända en hel del genom åren. Både roliga och ledsamma saker. Men jag vet inte vad som skulle kunna intressera er som kommer från storstan. För det är väl kanske inte på det viset att hon har någon anknytning till bygden? Gammal är jag och både syn och hörsel har väl sina brister, men jag är så gott som säker på att det finns något väldigt bekant över henne i alla fall...

Hon tystnade och såg ut att invänta någon form av reaktion från Monicas sida.

Monica tvekade några sekunder, men sedan bestämde hon sig.

– Om sanningen ska fram så är ni inte den första som sagt samma sak, sa hon och gav noga akt på den gamlas ansikte. Det är flera här i bygden som påstått att de trott sig känna igen mig trots att jag bott i Göteborg så gott som hela mitt liv.

Judit nickade och såg en aning lättad ut.

– Då är det kanske inte så illa med den gamla kärringen i alla fall, sa hon. Nu tror jag bestämt att det börjar klarna när det gäller namnet...

Tjugonde kapitlet

M onica planerade för ännu ett julfirande i en-
samhet. Hon hade funderat fram och tillbaka
omkring vilka alternativ hon möjligtvis hade,
men kommit fram till att det inte fanns så mycket att
välja på.

Visst hade det funnits en svag förhoppning om att
få en inbjudan från någon av väninnorna i Göteborg,
men hon visste ju att både Agneta och Lena var
ganska hårt styrda av en mängd familjetraditioner
som de inte hade så lätt för att bryta.

Hon hade ibland hört dem sucka lite över detta,
men innerst inne kände hon ett litet sting av avund nu
när hon själv inte längre hade någon form av tradition
att falla tillbaka på. Det skulle definitivt ha gjort tillva-
ron bra mycket enklare och angenämare.

Det mesta av julpyntet hade hon redan plockat
fram. Så mycket var det inte, mest ett par ljusstakar
och några små porslinsfigurer föreställande tomtar
och änglar. Det var sådant som hon tagit vara på från
sitt föräldrahem och som betydde en hel del för
henne. Visst hade minnena sköljt över henne då hon
placerade ut de olika figurerna, men samtidigt hade
de bidragit till att skapa någon form av förankring i
det som en gång varit.

När hon nu satt i sin bekväma fåtölj och försökte
följa nyhetsrapporteringen på TV snuddade hennes
tankar vid möjligheten att kanske själv bryta det en-
samma firandet. I hennes minne fanns det infall som

hon fått på nyårsaftonen förra året då Tage blivit hennes gäst.

Undrar hur hans julfirande ser ut, tänkte hon. Det verkar ju knappast finnas någon större familjekrets omkring honom.

Det slog henne att Tage aldrig sagt något om sin eventuella släkt och att hon nog aldrig ställt frågan heller. Hon kände plötsligt en viss skamsenhet över att inte visat något sådant intresse. Att hon varit så upptagen med sina egna frågor och funderingar så allt annat kommit i skymundan.

Han borde förstås ha någon form av släkt i grann-skapet, tänkte hon vidare. Även om han aldrig sagt något om det. Men det kan väl inte skada att höra efter.

Nyheterna fortsatte men det mesta fladdrade förbi utan att Monica tog in det. Det började formas andra tankar inom henne som inte hade några som helst svårigheter att ta över hela hennes intresse.

Tänk om hon skulle ordna någon form av julfirande för dem som hon trodde skulle komma att fira en minst lika ensam jul som hon själv! Det var i och för sig inte så många som hon på rak arm kunde komma på, men det fanns i alla fall minst tre personer som direkt kom i hennes tankar.

Hon blundade och försökte skapa sig en bild av den nära förestående julaftonen där hon satt vid sitt köksbord tillsammans med Tage Persson, Arvid på Sniskan och Judit i Skatebo. Skulle det kunna reali-seras?

Det måste förstås bli en samling som startade så tidigt att det fanns tid och möjlighet att skjutsa hem gästerna innan det blev alltför sent, resonerade hon för sig själv. Men det skulle väl inte vara omöjligt. Den stora frågan var nog hur hon skulle lyckas få de tänkta gästerna att tacka ja till inbjudan. De hade kanske inte så mycket gemensamt, möjligtvis var det nästan tvärtom.

Tages ord om Judits inställning till andra fanns där i färskt minne. De slutsatser som hon själv dragit av Judit uttalande när Rut och Holger varit på tapeten gjorde knappast saken lättare.

Tages något reserverade hållning när det gällde Arvid var kanske ännu en orsak till att inte ha för stora förhoppningar att planerna skulle kunna förverkligas. Men innerst inne kände hon ändå en gryende förväntan inför det som nu började formas i hennes tankevärld.

Vem skulle hon börja med? Hur mycket skulle hon avslöja för var och en av dem när det gällde övriga gäster? Var det kanske ändå säkrast att inte ha några hemligheter?

Monica kände hur hon plötsligt fick en inre lust och glädje och kastade en blick på klockan för att se om hon kunde kontakta någon av de tilltänkta gästerna redan ikväll. Tage i så fall för de andra var hon lite mera osäker på. Judit var ju en så ny bekantskap och Arvid hade kanske inte ens någon telefon...

På julaftonens förmiddag skottade Monica undan det tunna lager av snö som fallit under natten och satte sig i bilen för att göra sin uppsamlingsrunda. Hon kunde inte hålla tillbaka den lilla sångstrofen som av och till blivit något av en säkerhetsventil för henne när hennes inre höll på att bli överfyllt av känslor.

Första anhalten var stället i skogen där Judit stod färdigklädd och väntande vid vägen. Det hade fordrats en hel del av övertalning innan den gamla kvinnan tackat ja till inbjudan. Den samhörighet som skapats mellan henne och Monica i samband med besöket någon vecka tidigare hade till slut fällt avgörandet.

Medan de i sakta mak fortsatte färden mot platsen där Arvid skulle hämtas upp tänkte Monica tillbaka på det samtal som tagit sin rundliga tid då hon besökte Judit. Även om det kanske inte hade gett henne det svar som hon så intensivt längtade efter kände hon ändå att det varit en betydelsefull ring på den yta som hon envist fortsatte att bearbeta. En hjälp att vidga horisonten utan att för den skull förlora fokus.

Det yttrades inte många ord i bilen medan de färdades på den ganska smala väg som tog dem från Judits hem till en lite större väg. Även om det blev en omväg hade Monica bestämt sig för att ta vägen över Baggeryd. Judit hade inte haft några invändningar. Kanske hade hon heller inget emot att få åka ensam med Monica ett tag.

– Vad vackert det är med snön på granarna, sa Monica för att till slut bryta den tystnad som rådde i bilen. Som ett riktigt julkort...

Judit nickade.

– Jojo, sa hon. Men det blir extra mycket arbete också. Men hon har kanske hjälp med snöskottandet vid stugan?

– Ja, det har jag faktiskt. Men säg för all del du till mig. Det skulle kännas så mycket bättre.

– I så fall får hon allt säga du till en annan också, muttrade Judit.

– Gärna, sa Monica och räckte handen mot den gamla kvinnan i sätet bredvid henne.

– Det är kanske den där Lagberg som tar hand om snön. Han far ju omkring lite överallt med sin traktor. Men hos mig har han inget att hämta, det ska hon – jag menar du – veta. Jag klarar min snöskottning på annat sätt. Det finns ju, som väl är, fler bönder som har traktorer...

Monica hörde på tonläget att Valter Lagberg knappast var en man som stod högt i kurs hos Judit. Det hade hon kanske inte väntat sig heller. Med tanke på vad Tage berättat om Judit så skulle det ha varit förvånande.

– Joo, det är Valter som tar undan det mesta av snön hemma hos mig, sa hon. Han dök upp väldigt lägligt när jag precis hade överraskats av den första snön förra vintern och erbjöd sina tjänster. Jag tyckte det lät bra så vi har någon form av muntligt avtal skulle man kanske kunna säga.

– Jaja, det duger han väl till förstås, kom det från Judit. Annars är han sannerligen inte så mycket att hänga i julgranen, om jag får säga som jag tänker. De där lagbergarna vill man helst inte ha affärer med...

Hon tystnade och Monica såg hur hon vred sina händer.

– Men nu ska vi väl inte prata om tråkigheter, fortsatte så den gamla. Nu ska vi ju fira jul tillsammans.

– Alldeles riktigt. Jag är väldigt glad över att du tackade ja till min inbjudan. Jag hoppas verkligen att det ska bli en trevlig dag för oss alla.

– Hmm...

Det hade inte varit helt enkelt att få kontakt med Arvid Svensson, men till sist hade Monica i alla fall lyckats. Att övertala honom att komma med till julfirandet i Larssons hade däremot varit mycket enkelt. Det hade inte krävts någon övertalning över huvud taget. Monica hade blivit mycket överraskad av den snabba och positiva responsen hos den lite udda figuren. Hon hade inte ens hunnit använda det argument som hon haft i beredskap. Men julölen var ändå inhandlad och hon hoppades att hon inte hade gjort något dumt när hon gjorde det inköpet.

De behövde inte vänta på Arvid. Han stod redan utanför hyreshuset när de svängde in på gatan som det var beläget vid. Monica kunde inte hjälpa att hon hajade till när hon såg den förvandling som den äldre mannen genomgått. Borta var de sjaskiga kläderna och välrakat var det lite fårade ansiktet. Hatten såg inte ut att ha varit använd speciellt många gånger där den tronade ovanför de pigga och lite glittrande ögonen.

Monica steg ur och öppnade bakdörren med ett leende och fick samtidigt ta emot en kasse med okänt innehåll.

– God jul, Monica, sa Arvid samtidigt som han överlämnade kassen och smidigt gled in i bilens baksäte.

– Åh, tack så mycket! Inte skulle du väl...

– Inte mycket att tacka för och absolut inget att orda om, svarade Arvid med så bestämd röst att Monica fann för gott att inte säga något mer för tillfället.

– God dag och god jul, Judit, fortsatte Arvid och sträckte fram handen mellan sätena. Det var sannerligen inte igår.

Judit vände sig med lite möda emot honom och grep hans hand.

– God jul på honom själv, sa hon.

Tage var konstigt nog den som hade krånglat mest innan han bestämde sig för att komma med till Larssons på julaftonen. Han hade haft sina både rutiga och randiga skäl att tacka nej, men till slut hade ändå Monica lyckats få honom att komma med.

Nu satt de alla fyra i bilen och det var inte långt kvar till det väntande julbordet. Ingen av dem sa något förrän bilen stannat hemma hos Monica och hon stod i dörröppningen för att välkomna dem var och en till en händelse som nog ingen av dem kunnat drömma om ens.

Monica hade tagit hjälp av Berta i Kungsfors för att julbordet skulle bli så bra som det bara var möjligt. Hon hade inte avslöjat vilka gäster hon skulle ha, men hon hade strukit under att det var viktiga personer som nog visste vad man kunde förvänta sig. Berta hade mer än gärna hjälpt till. Visst hade hennes nyfikenhet lyst igenom mer än en gång under planeringen, men Monica hade lyckats hemlighålla gästernas identitet utan för den skull göra Berta alltför besviken.

När hon nu såg hur de tre gästerna lät sig väl smaka av allt det goda som bjöds sände hon en tacksamhetens tanke till den robusta handelskvinnan. Maten och drycken tycktes göra underverk med de tre särlingarna som nu satt samlade omkring samma bord tillsammans med henne. Lite roat tänkte hon att det kanske lika gärna kunde sägas vara fyra lite udda personer. Att hitta på en sådan här sak kunde förmodligen betecknas som lite utanför det normala den också. Hur som helst så kände hon en förvånansvärt stor samhörighet med dem alla tre. På olika sätt och av olika orsaker, men att de hörde hemma i hennes allra innersta krets var på något sätt självklart.

Nu skulle Lena och Agneta se mig, tänkte hon medan hon fyllde på av den goda enbärsdrickan som Berta så varmt rekommenderat.

Tjugoförsta kapitlet

Monica lät blicken vila för några ögonblick på Arvids av väder och vind åldrande ansikte. Hon mötte den glittrande blicken djupt därinne under de buskiga ögonbrynen och kunde inte annat än le.

Hon fick ett svagt leende tillbaka medan Arvid höjde sitt glas mot henne.

– Skål för vår värdinna, sa han. Jag kan inte ens minnas när jag senast åt och drack så här gott.

De andra kring bordet hejdade sig i ätandet och lyfte sina glas med varierande innehåll.

– Jag håller med, sa Tage.

– Sammaledes, sa Judit och klirrade sitt julmust-fyllda glas mot Monicas.

– Ni anar inte hur glad jag är att se er här, sa Monica och kände hur hon darrade lite på rösten. Jag vet inte riktigt varifrån idén kom, men den bara fanns där. Tack för att ni kom!

Judits blick mötte Monicas och det fanns något alldeles speciellt djupt därinne.

– När du stod där utanför min dörr för några veckor sedan trodde jag nog att jag såg i syne, sa hon. Det var som om jag flyttades många år tillbaka i tiden. Det var nog väldigt nära att jag sagt ett annat namn än ditt, men jag lyckades ändå hålla inne med det. Jag var ju ändå inte riktigt säker.

Så var samtalet kring julbordet inne på det som både lockade och skrämde Monica mer än hon ville erkänna. Hon hade förstås insett att ämnet inte skulle kunna undvikas när dessa tre personer var samlade omkring ett bord som ägdes av just henne, Monica Björkengren – Lilians dotter.

Hade hon inte sett det som en absolut omöjlighet hade hon nog försökt få med ännu en person till denna julaftonssamling. Men det skulle inte dröja alltför länge förrän hon skulle ta kontakt med Lovisa Lagberg igen.

Nog hade ämnet funnits där som en starkt pådrivande faktor när hon bestämt sig för att försöka ordna den samvaro som nu var en verklighet. Visst hade hon räknat med att det skulle kunna bli ett tillfälle då historiens vingslag satte sin prägel på samtalet runt bordet. Men det var ju ändå det som hon så intensivt längtade efter. Det som hon varken ville eller orkade bara tassa runt omkring hur länge som helst.

Hon ville veta allt!

Allt det som rimligtvis kunde finnas av fakta eller välgrundade gissningar omkring hennes egen tillblivelse.

Julen handlade ju om ett barn. Den handlade om ett barn som, sett utifrån de omständigheter som rådde kring hans födelse, mycket väl kunde betraktas som ett oäkta barn. Ett barn vars ursprung var höljt i dunkel för de flesta utom för den kvinna som födde det.

Monica ansträngde sig för att inte låta tankarna flyga iväg. Hon fick inte låta ännu ett tillfälle bara gå ifrån henne utan att hon gjort allt hon kunde för att ta vara på det.

– Hur är det Monica, undrade Tage och strök henne över kinden där han satt vid hennes sida. Du vill kanske inte att vi pratar om dig och din mamma en dag som den här...

Monica log och skakade lite på huvudet.

– Joo, det vill jag nog. Väldigt gärna!

Hon tystnade, men så fortsatte hon:

– Men först ska vi väl avsluta vår måltid här vid bordet så kan vi kanske ta med oss kaffet in till brasan som jag tänkte ordna inne i rummet.

– Klokt talat, sa Tage. Jag tog ju med några bullar för säkerhets skull. Visste inte om du hade haft tid att baka så här inför julen.

Han skrattade och de andra föll in i skrattet.

Älskade Tage, tänkte Monica. Vilken tur att du finns...

Det gick riktigt muntert till i köket medan gäster och värdinna hjälptes åt att plocka undan och diska. Monica försökte få dem att låta disken vara, men det var ingen av dem som hörde på det örat. Inte kunde de bara lämna allt stöket åt henne ensam.

När de en stund senare satt framför brasan kändes det väldigt naturligt att prata om Monica mamma och det som de kände till av händelserna från det året då hon fick en liten flicka.

Ingen av de tre var väl alltför benägen att brodera ut något, men tillsammans kunde de ge Monica en bild som både bekräftade och förvånade.

Tage tycktes inte vilja dela mer än det absolut nödvändiga med de andra båda gästerna. Monica förstod att det fortfarande fanns oläkta sår djupt därinne hos honom, trots att han ansträngt sig för att lämna det som varit och försöka gå vidare.

Judit hade ju tidigare låtit Monica få veta en del av det som hon anat sig till i kontakten med Rut och Holger. Nu kunde hon få det sammanfogat med sådant som de andra kände till och på det sättet få bekräftat att hennes slutledning låg mycket nära det som rimligtvis måste vara sanningen.

Arvids del i det som under eftermiddagen kom fram var kanske det som gjorde det allra djupaste intrycket på både Monica och de andra båda. Ingen av dem hade nog kunnat tänka sig hur hans del i det som hänt verkligen såg ut.

Det var med stor tveksamhet som han berättade sin historia, den historia som visade sig vävas alltmer samman med Lilians historia och därmed också Monicas.

– Min mamma fick mig som ganska ung, berättade Arvid. Hon var inte gift men den man som var min far tog ändå ett ansvar för sina handlingar. Han hjälpte till att ordna ett boende för mor och mig och såg nog också till att hon aldrig saknade det nödvändigaste.

Så fortsatte Arvid att ge de andra en bild av sin uppväxt och hur han med tiden kommit att hamna i arbete hos Valter Lagberg den äldre.

– Han var kanske inte alltid så snäll mot mig, sa han, men med tiden förstod jag varför han lät mig vara där på gården och göra det som jag kunde. När jag började ställa frågorna till mor fick jag veta att han faktiskt var min far. Mor sa att det inte på några villkor fick komma ut bland andra. Jag lovade att inget säga och det löftet har jag hållit ända tills idag.

Det rann några tårar nedför hans väderbitna kinder och han grävde fram en näsduk ur fickan för att snyta sig ordentligt innan han kunde fortsätta.

Monica reste sig för att lägga på ännu ett par vedträn på elden. I den tystnad som uppstått i rummet hördes bara den gamla klockans obevekliga budskap om tidens gång.

– När Lilian kom till gården var det som om himlen landat på jorden, sa Arvid efter en lång stund av tystnad. Jag vet inte hur jag ska kunna förklara det på något annat sätt. Jag kan inte förstå varför det måste sluta så som det gjorde. Det, det finns ingen rimlig förklaring...

När Monica sent på julaftonens kväll ställde in bilen i garaget blev hon sittande i flera minuter innan hon lämnade bilen och återvände till huset.

Det var tyst därinne.

Hon tände några ljusstumpar som blivit kvar efter den alldeles speciella julaftonsmiddag hon just hade skjutsat hem gästerna ifrån.

Den disk som blivit kvar efter det avslutande kaffet fick vänta till nästa dag. Nu ville hon bara sitta en stund i stearinljusens sken och tänka tillbaka på det som varit. Smälta allt det som hon fått del av genom Tage Persson, Judit i Skogen och Arvid på Sniskan.

Hon tog fram sångboken som hon fått låna av Eva Fridh och slog upp sången som på något sätt blivit hennes. Det var väl knappast en julsång, men sakta gnolade hon sig igenom alla versarna.

Språket var i långa stycken ålderdomligt. Bildspråket i de olika versarna var främmande för henne. Hon varken kunde eller ville skriva under på allt det som sångförfattaren ville poängtera genom sångens ord. Men hon fann ändå något av en ro för sinnet när hon lät de där orden, som allra först fastnat hos henne, tona inom sig.

Hon kände plötsligt ett starkt behov av att absolut inte lyfta blicken utan istället inta sängen och sluta ögonen.

Hon var dödstrött och i morgon var det juldag.

Tjugoandra kapitlet

Det var nästan fullsatt i det lilla landsbygdskapellet när Berta Ohlsson trampade igång den gamla orgeln och med stark stämma ledde de församlade i "Var hälsad sköna morgonstund".

Monica stämde in i den gamla psalmen med en känsla som hon aldrig tidigare varit i närheten av. Bortsett från förra årets julotta var hennes minnen av julottor mer förknippade med att alltför tidigt bli väckt och mer eller mindre bli tvingad med till ett av de få tillfällen då familjen Björkengren skulle till kyrkan.

Nu var hon här på eget initiativ för andra året i rad och tyckte inte att det var något konstigt alls.

Bredvid henne i bänken hörde hon Tages lite rostiga stämma och bortom honom brummade Arvid med i psalmen långt bort från den ton som orgeln angav. På hennes andra sida satt Judit. Hennes röst hördes knappast trots närheten till henne, men då Monica sneglade åt den gamla kvinnans håll kunde hon se tårarna som blänkte på hennes kinder.

På nytt kunde hon inom sig uppleva föregående dags samling med julmat och gemenskap. När hon väckts av väckarklockans obarmhärtiga ljud hade hon varit tvungen att nypa sig i armen för att försäkra sig om att allt inte bara var en dröm.

Men disken som stod kvar efter det avslutande kaffet talade sitt tydliga språk om att hon verkligen haft gäster på julaftonen. Hon hade inte behövt överleva den dagen i ensamhet och saknad. Hon hade fått dela den med de personer som hon nu kände hade intagit en alldeles speciell plats i hennes liv. Dessa som hade kunnat ge henne sådant som ingen annan hade kunnat.

Hon kände det som om de tre gästerna tillsammans hade gett henne något av ett julklappspaket med många lager papper. De hade också hjälpt till att skala av det ena papperet efter det andra för att alltmer öka hennes iver att få se vad som fanns där längst inne. För att få veta om hennes allt starkare övertygelse verkligen var den sanning som skulle ge henne ro i själen. Som skulle vidga hennes horisont och hjälpa henne att kunna se framåt och uppåt när hon nu hade fast mark under fötterna. När hennes livs rötter hade återfunnit det fäste som de sökt under en stor del av hennes liv.

Men när de var och en bidragit med sitt måste hon ändå konstatera att det fortfarande fanns en osäkerhet omkring vem som verkligen var hennes biologiska pappa. En osäkerhet som hon förmodligen skulle få leva med. En ovisshet som hon trodde att hon kunde leva med. Det fanns uppenbara luckor i den minnesbild som Tage, Judit och Arvid tecknat. Det fattades bitar i det händelsepussel som var och en av dem hade en del bitar att bidraga med.

Efter att ha vridit och vänt på det som Judit, Arvid och Tage kunnat förmedla till henne hade hon ändå bilden ganska klar för sig. En bild som tvingade henne att acceptera att det fanns en avgörande fråga som saknade sitt definitiva svar.

De tre hade ändå, på Monicas enträgna begäran, varit så öppna och ärliga som det stod i deras makt att vara. Att ingen av dem kunde dela allt det som fanns inom dem tillsammans med de andra hade hon förstått.

– Jag vet inte om det var meningen att jag skulle ha hört det som jag fick höra hos Rut den där vårdagen då Lilian var där, hade Judit sagt. Fast hon visste förstås att jag var där. Jag satt ju inne i rummet när Lilian knackade på och ville prata med Rut. Hon kunde inte ha undgått att se mig och Rut gjorde inget för att hindra henne att prata fast jag var där. Hon litade väl på mig lika mycket som jag litade henne...

Den gamla hade tystnat en stund.

– Jag kan än idag lova att jag inte ansträngde mig för att höra vad som avhandlades i det här köket för snart fyrtio år sedan, hade hon sedan fortsatt. När jag efteråt pratade med Rut fick hon mig att lova att inte föra vidare det som jag fått veta. Det löftet hade jag bestämt mig för att ta med mig i graven och inget hade kunnat ändra på det beslutet förrän du klev in genom min dörr för några veckor sedan, Monica.

Judit hade inte gett några detaljer från det samtal som ägt rum mellan den unga Lilian och den lyssnande och medkännande Rut. Hon hade inte varit riktigt säker på att hon kunde gå i god för att hennes bild av verkligheten var den absoluta sanningen. Det hade hela tiden funnits en liten osäkerhet som hon aldrig fått tillfälle att ta upp med Rut. Hon skulle ju helst bara glömma bort alltsammans.

Monica hade observerat att de ekorrpigga ögonen hade vänts mot Arvid i större utsträckning än mot Tage och henne själv. Som om hon hade försökt få någon form av bekräftelse från det hållet.

Arvid hade flackat med blicken och försökt undkomma den skarpa blicken, men till sist hade han kompletterat sin berättelse med detaljer som ingen av dem hade kunnat ana. Upplevelser som sannerligen inte satt utanpå och som fortfarande plågade honom trots att det gått så lång tid.

Men han hade samtidigt låtit Monica förstå att han gärna skulle vilja ha ett samtal på tu man hand med henne.

– Det finns sådant som jag bara vill berätta för dig, hade han sagt och då fanns det inget av det illmariga kvar i den blick han gav henne.

Vid dessa ord hade Tage nickat och på något sätt avslutat samtalet genom sina ord.

– Arvid har rätt, hade han sagt. Jag tror att vi alla tre har saker som vi bara vill prata med Monica om.

– Amen, hade då Judit utbrustit och därmed hade den förtätade stämning som funnits i rummet lösts upp och ersatts av en mer hanterbar vanlig julstämning.

När Monica lagt fram sitt förslag att hon skulle hämta dem alla tre till julottan i Dörja kapell hade ingen av dem haft några invändningar. Utöver att de alla tre tyckte att hon var alltför generös emot dem. Ingen av dem var direkt van vid att andra människor engagerade sig på det här sättet i deras liv och vardag.

Nu satt de ändå här tillsammans och lyssnade till pastor Fridhs försök att göra det gamla julbudskapet angeläget och intressant för nutidens människor.

Monica kunde inte undgå att märka ett speciellt intresse för henne och hennes sällskap. Det var mer än en som vände sig om i bänken med ett förvånat ansiktsuttryck när de kom in i kapellet. Det märktes ett viskande mellan flera av dem som vanligtvis brukade besöka kapellet men även bland dem som kanske inte var lika flitiga besökare där under resten av året.

Hon skulle gärna ha kunnat läsa deras tankar eller höra innehållet i deras viskningar. Vad det än handlade om så hoppades hon att det inte var något negativt. Att det bara var en uppriktig men lite svårhanterbar förvåning över det som man nu bevittnade juldagen nittonhundrasjuttiofyra.

Tre av de kanske mest originella invånarna i eller i närheten av Dörja by samlade på samma bänkrad. Tillsammans med en fjärde som också var föremål för en del spekulationer och funderingar bland den övriga befolkningen.

Själv hade hon lite svårt för att bara ägna sin uppmärksamhet åt det som hörde till programmet för julottan. Det var fortfarande för många tankar som slogs om utrymmet i hennes inre värld även om hon gjorde sitt bästa för att skjuta de återstående frågorna åt sidan.

Tids nog skulle hon ha de där personliga samtalen med Judit, Arvid, och Tage. Det var hon helt övertygad om. Förmodligen också med Lovisa.

Tjugotredje kapitlet

Det var dagen före nyårsafton som Monica tog mod till sig och frågade Uno hur han brukade fira in det nya året.

Han blev nog en aning förvånad över frågan eftersom de inte hade haft någon kontakt med varandra sedan före jul. Samtidigt såg hon hur det tändes något som kunde föreställa förhoppning i hans ögon.

– Tja, vi brukar nog inte fira något speciellt, svarade han. Jag är ju hemma i Lunda förstås, men några större festligheter handlar det inte om. Ibland kommer Elisabet hem fast jag vet inte om hon kommer den här gången. Hon arbetar ju på sjukhus och då händer det att hon får arbeta både julhelgen och nyårshelgen.

– Skulle du vilja fira den tillsammans med mig?

Värmen i Unos ögon tilltog.

– Gärna, sa han. Väldigt gärna. Ska vi...ska vi boka bord någonstans kanske...

– Det skulle vi väl kunna göra, men jag tänkte nog hellre att vi träffas hemma hos mig. Det kan hända att det blir några fler gäster, men det vet jag inte riktigt än...

– Jaha, jaha, sa Uno och verkade plötsligt en aning tveksam inför förslaget.

– Men vill du hellre att det bara blir vi två så gärna för mig, fortsatte då Monica med ett leende. Det har jag inget emot.

Unos lättnad var påtaglig.

– Om du inte hade planerat något annat så...

– Nej, verkligen inte. Jag ville bara försäkra mig om att jag inte skulle behöva möta det nya året alldeles ensam. Det var nära att jag hade fått göra det för ett år sedan, men då blev Tage Persson min räddning. Jag ringde honom och vi hade en trevlig kväll tillsammans. Om det var någon jag möjligtvis tänkte på i år igen så var det väl honom.

– Tage, jag förstår, sa Uno. Ja, han sitter förstås ensam en sådan kväll. Han verkar varken ha släkt eller vänner omkring sig. Ni har kommit varandra ganska nära under tiden du bott i Dörja...

Det fanns en djupare undran i Unos fråga och Monica kände den.

– Ja, jag måste erkänna att Tage utan tvekan är den person som betyder allra mest för mig bland dem jag lärt känna sedan jag kom till Larssons. Han känns som en verklig vän, någon som jag kan lita på och prata med om allting.

– Ja, människor kan ju förändras, sa Uno och det hördes på tonen att han inte var riktigt tillfreds med att Tage betydde så mycket för Monica. Som jag sagt tidigare finns det en annan bild av Tage Persson, men det var förstås innan han gick till sjöss. Sedan han kom tillbaka och blev bofast har jag inte hört något särskilt om honom.

Monica kände kluvenheten inom sig. Hon hade ställt in sig på att få fira in det nya året tillsammans med Uno Lövgren. Hon kände så starkt ett behov av att ha någon som gav den trygghet och tillfredsställelse som hon visste med sig att hon saknade.

Men var det den belevade och på många sätt tilldragande urmakaren som var svaret på hennes längtan eller var det någon annan?

– Vi skulle kanske kunna vara hemma i Lunda, sa Uno med en stor portion tveksamhet i rösten. Mor och far skulle säkert inte ha något emot att få det lite festligare än vad det brukar vara runt nyår. Vi, vi pratade en del om dig när jag var hemma över julhelgen. De sa båda två att de... att de tyckte väldigt bra om dig när vi var där i höstas...

Monica log.

– Jaså minsann, sa hon med glimten i ögat. Ni pratade om mig...

Uno såg en aning olycklig ut.

– Ja, mor tyckte det var dumt av mig att inte ge dig en inbjudan att fira jul tillsammans med oss. Men jag... jag tänkte väl aldrig så långt. Tog väl för givet att du, precis som alla andra, hade dina traditioner när det gäller julen. Den är ju på något sätt familjens högtid mer än någon av de andra större helgerna...

– Bekymra dig inte över det nu, sa Monica. Även om mina gamla traditioner inte gäller nu längre, när både pappa och mamma är borta, så var jag ändå inte ensam i mitt julfirande. Jag kanske kan berätta lite om det vid något annat tillfälle.

Hon tystnade och tänkte efter.

– Men jag tror att jag tackar ja till ditt förslag, fortsatte hon. Om det inte möter några hinder från dina föräldrars sida så kommer jag gärna till Lunda. Men det får bli alkoholfritt så jag kan köra hem frampå natten...

– Oroa dig inte för det. Om du inte vill sova över så lovar jag att både hämta och skjutsa hem dig.

Det gick inte att ta miste på hans vilja att vara till lags, att försäkra sig om att det inte fanns några oklarheter dem emellan.

– Då tackar jag för det erbjudandet också. När ska jag vara klar?

– Jag får återkomma när det gäller tiden. Bäst att prata med mor först så jag vet hur hon har tänkt sig det hela. Som jag sa så brukar vi ju ta det ganska vardagligt runt nyår, men om nu du ska komma blir det nog lite annorlunda.

Han log ett lite snett leende.

Det blev antagligen ett mycket annorlunda nyårsfirande i Lunda, tänkte Monica när hon frampå kvällen satt tillsammans med Uno i finrumssoffan. För inte kunde hon tänka sig att det som serverades hörde till det vardagliga ens på en bondgård som Lövgrens.

Sigrid måste ha hållit igång med förberedelser så gott som oavbrutet sedan det blev bestämt att Monica skulle gästa dem. Att hon var uppriktigt glad över besöket gick inte att ta miste på. Hennes försök att ursäkta både det ena och det andra låg lite på gränsen till det onödiga, tänkte Monica.

Albert var mer som vanligt. Lite kärv på ytan men med en godmodig glimt i ögonvrån. Det var inte svårt att trivas tillsammans med de båda makarna.

Samtliga familjemedlemmar hade insisterat på att Monica skulle använda sig av deras gästrum som mestadels stod tomt.

– Det är bara när Elisabet och Jonny hälsar på som det behövs annars, hade Uno förklarat. Ja, Jonny är Elisabets son, men han är ju vuxen nu och behöver ett eget rum de gånger han kommer till Lunda.

– Så Elisabet har en son. Det har du nog inte sagt något om tidigare, hade Monica inte kunnat låta bli att kommentera.

– Nej, det har jag kanske inte gjort, men så är det.

Det hade inte blivit mera sagt om den saken och Monica hade inte ansett att hon hade anledning att ställa flera frågor. Det angick ju knappast henne även om hon inte kunde låta bli att fundera vidare omkring denna nya information som hon fått del av.

Fanns det kanske en koppling mellan det faktum att Elisabet hade en son och den ovilja som tydligen fanns hos henne att återvända till barndomshemmet? Låg det något dolt bakom Unos lite knapphändiga sätt att prata om sin syster och systerson?

Känslig som hon var inför tonfall och röstläge hade hon dragit slutsatsen att detta inte var något som Uno så gärna ville prata om. Hans sätt att tala om det indikerade väl att det inte fanns någon man med i sammanhanget.

Efter en viss tvekan hade hon ändå tackat ja till övernattning. Visst var det skönt att slippa komma hem mitt i natten.

Det blev ett trivsamt nyårsfirande utan några som helst komplikationer. Ett för Monica annorlunda och i allra högsta grad nytt inslag under nyårsaftonens sena eftermiddag var ett arbetspass i ladugården. Sigrid och Albert ansåg att Monica och Uno kunde använda tiden för eget umgänge, men när Monica förstod vad som skulle hända ville hon vara med. Hon fick låna lämpliga kläder av Sigrid. De passade inte perfekt, men det spelade inte så stor roll.

Hon och Uno hjälptes åt att dra fram foder till djuren medan det äldre paret skötte resten.

Nu skulle verkligen Agneta och Lena se mig, tänkte Monica och kände sig så långt från storstaden som man någonsin kunde komma.

Hon tyckte att det smakade dubbelt gott med mat och dryck efter att de i tur och ordning fått duscha. Att lite av lagårdslukten kanske fortfarande kunde anas störde henne inte.

När domkyrkornas klockor ringt in det nya året, och de hade skålat i champagne och önskat varandra ett gott nytt år, kröp Monica med välbehag ned i den nybäddade sängen i gästrummet på andra våning.

Innan hon somnade kände hon efter lite extra om det som hon varit med om den här kvällen skulle kunna passa in i det liv, de dagar och år, som förhoppningsvis fortfarande låg framför.

Riktigt säker kände hon sig inte...

Tjugofjärde kapitlet

N är man ringde från sjukhuset i Bokstad och frågade om det var Monica Björkengren stod det alldeles stilla i huvudet på henne någon sekund innan hon kunde bekräfta att så var fallet.

– Vi har en man här som säger att ni troligen är hans närmast anhöriga, sa rösten i telefonen. En man som ovillkorligen vill att ni kommer hit så snart ni kan.

– Vem, vem är det?

– Han heter Arvid Svensson.

– Arvid!

– Så då vet ni vem han är? Vi kan inte på något sätt koppla samman honom med er, men han verkar ändå inte förvirrad när han säger att ni står honom närmare än någon annan.

– Ja, visst vet jag vem han är. Vad är det som hänt eftersom han ligger på sjukhuset?

– Vi kan inte lämna ut några uppgifter på telefon, som ni kanske förstår, men om ni kan komma hit och bli identifierad av honom kan vi prata vidare.

– Självklart. Jag ska försöka komma iväg med en gång.

– Tack, det var mycket vänligt av er.

Innan samtalet avslutades hade Monica fått information om vilken avdelning Arvid befann sig på och vem hon skulle fråga efter när hon kom fram.

Inom henne rusade tankarna i ett enda virrvarr. Vad var det som hade hänt? Varför var Arvid på sjukhus?

Hade han fallit offer för sitt spritbegär på nytt igen? Men Tage hade ju, när Monica pratat med honom dagen före nyårsafton, berättat att han och Arvid skulle vara tillsammans på nyårsafton. Det var när Monica ringt till Tage och berättat att det inte kunde bli någon upprepning av förra årets nyårsfirande för deras del.

– Oroa dig inte, hade Tage sagt. Jag och Arvid har bestämt att vi ska träffas och fira in det nya året. Det är visst någon kyrka i samhället där han bor som ordnar något för dem som annars skulle sitta ensamma. De ordnar med skjuts också så det verkar väldigt bra.

Monica hade känt en lättnad och en glädje när hon fått veta hur de båda gubbarna ordnat det för sig. På något sätt hade hon känt ett personligt ansvar för att de hade det bra.

Hon hade inte ens behövt tala om var hon själv skulle tillbringa nyårsafton och på något sätt hade det känts bra. Hennes relation till Uno Lövgren hade fortfarande lite för många frågetecken omkring sig trots allt.

Nu hade det för all del gått några dagar in på det nya året, men Monica ville inte tro att Arvid skulle haft anledning att ta till flaskan. Hon bestämde sig för att inte stapla tänkbara orsaker till sjukhusvistelsen på varandra. Det gjorde ju inte saken bättre på något sätt. Snart skulle hon vara där och få veta hur läget var.

Arvid såg så liten och blek ut där han låg i sjukhussängen, men ögonen fick en ny lyster när han fick se Monica.

– Monica, sa han med en röst som darrade av både svaghet och återhållen gråt. Tänk att du kom i alla fall...

Monica böjde sig ned mot honom och tryckte en kyss på hans panna.

– Arvid, sa hon. Varför ligger du här? Vad är det som hänt?

– Pumpen, sa Arvid. Pumpen strejkade visst.

Han gjorde en grimas som signalerade att han hade ont och grep efter hennes hand.

– Gå inte ifrån mig, sa han med svag röst. Gå inte ifrån mig. Jag måste få prata med dig. Jag måste...

Han gjorde ett uppehåll och tog sig åt hjärttrakten med vänsterhanden.

– Jag är här nu, sa Monica. Jag går ingenstans. Ta det bara lugnt. Men jag ska kanske prata några ord med någon doktor eller sköterska.

Arvid nickade.

Genom en sköterska fick Monica veta att Arvid var mycket svag. Förhoppningen var naturligtvis att han skulle repa sig, men utgången var fortfarande ganska oviss.

– Han vill ju prata med dig så det vill vi inte hindra, men ta det så lugnt du bara kan, sa sköterskan. Vi har kontroll så du behöver inte vara orolig på det viset.

När Monica återvände till sin plats vid sidan av sängen såg det ut som om Arvid sov. Hon satte sig och bara betraktade honom.

Varför hade han velat träffa henne?

Hade han verkligen inga andra anhöriga någonstans?

Den historia han berättat på julafton hade kanske inte gett några sådana ledtrådar. Ja, han hade ju halvsyskon förstås, men de visste naturligtvis inte något om sin släktskap med Arvid på Sniskan.

Monica drog sig till minnes Bertas ord om Arvid när de träffats i Kornlanda. Den bild som hon gett av den mycket originelle mannen hade knappast gett några vinkar om att de kanske kunde vara nära släkt med varandra.

Kanske visste inte ens Lovisa Lagberg om den nära kopplingen till Arvid. Eller hade hon ändå genomskådat mannens bevekelsegrund för att ta sig an den lite udda pojken. Kanske hade hon förstått varför Arvid fått en plats på gården.

Monica skakade på huvudet när dessa tankar for genom hjärnan. Tänk om de hade vetat...

Arvid rörde på sig och slog upp ögonen. När han mötte Monicas blick tändes det där speciella ljuset hos honom på nytt igen.

– Monica, sa han. Lilian...

Det blev ett lågmält och stilla samtal vid sjukhussängen. Sakta och med många långa uppehåll delade Arvid sina allra innersta tankar med Monica. Det var en historia som sjönk djupt ned i hennes allra innersta och som hon hade svårt för att tro på.

Ändå var det som om det inte fanns något bättre alternativ. Det som, den av sjukdom och svaghet märkte, mannen berättade kändes så äkta. Även om det kanske fortfarande kunde finnas frågetecken, allt var inte glasklart, upplevde Monica att det som hon nu fick del av skulle bli den slutliga bilden av vem hon skulle kalla far i ordets rätta bemärkelse.

När hon slutligen reste sig för att låta den gamle mannen vila såg hon det skimmer av förnöjsamhet som bredde ut sig över hans ansikte.

Hon tvekade inte längre utan böjde sig på nytt över honom, strök honom varligt över kinden, kysste den skrovliga handen och viskade i hans öra.

– Jag tror dig!

Leendet i hans ögon var den minnesbild som hon skulle bära med sig.

Tjugofemte kapitlet

Solen verkade fast besluten att trotsa de moln som irrade omkring på himlen i ett försök att tillsammans väva ett hinder för solens strålar. Det här skulle inte bli någon gråvädersdag.

Monica satt på nytt på sin trappsten och gladde sig över att se hur det började spira och blomma i den trädgård som fortfarande krävde en hel del av hennes tid och möda för att bli vad den hade möjlighet att bli. De insatser som hon hitintills hunnit med sedan snön försvann kändes fortfarande som en droppe i havet.

Men hon ville ändå kosta på sig att njuta av det som fanns alldeles inpå henne.

Fågelkvittret från den angränsande skogen utgjorde en underhållning på hög nivå.

Det varma kaffet var en njutning tillsammans med bullarna som Tage haft med sig.

Mycket av inramningen talade om en paradisisk tillvaro, men den senaste tidens händelser var som de irrande molnen i hennes inre värld.

– Vad tänker du på?

Tages röst fick Monica att rycka till.

– Åh, sa hon. Det är knappt att jag vet det själv. Tankarna kommer och far precis som fåglarna här i trädgården. När man minst anar det dyker de upp och lika snabbt har de försvunnit igen.

– Det var poetiskt och vackert sagt, sa Tage. Men jag tror nog inte att det var hela sanningen.

– Kanske inte riktigt.

Hon mötte hans blick där han slagit sig ned i den nyligen framtagna trädgårdsstolen och kände ingen som helst anledning att hålla igen på leendet.

– Men varför förstöra en sådan här dag med en massa grubblerier omkring sådant som man ändå inte kan hitta svar på, fortsatte hon. Det är väl bättre att njuta av det som finns här och nu. Dina goda bullar till exempel. Tänk att du kom med både solsken och bullar, Tage!

– Bullarna har jag bakat, det ska jag inte förneka, skrattade Tage. Men solen har nog mer med dig än med mig att göra. Du är som solen i mitt liv, Monica lilla...

Monica fann inga ord att replikera med. De satt tystna och bara njöt av det som var deras lilla värld just den här stunden, den här dagen, just nu. Ett ögonblick av det liv, den tid, den omgivning, de förutsättningar som gavs på olika sätt och i olika omfattning till olika människor.

Människor som i grund och botten ändå var väldigt lika.

Monica reste sig med kaffemuggen i handen och gick sakta ut mot vägen.

Undrar när jag ska nå vägs ände, tänkte hon medan blicken följde vägen tills den försvann bakom närmaste krök. Undrar om jag någonsin ska hitta fram till svaret på mitt livs största fråga?

Samtidigt kände hon en tillförsikt som hon inte riktigt kunde förklara. Mitt i alla funderingar, mitt i den oro som personer i hennes omgivning skapade, mitt i allt det som var livet fanns det något som inte lämnade henne.

Inom henne tonade på nytt den lilla sångstrofen.

"Blicka mot himlen opp".

Hon hörde Tages steg bakom sig och kände strax därefter hans hand på sin axel.

– Ja, sådant är livet, sa han och pekade med kaffekoppen bortefter vägen. Det är som en väg och vi har inte en möjlighet att stanna. Vi måste ständigt vidare och lämna det som varit bakom oss...

Monica strök över hans av arbete märkta hand som vilade tungt på hennes axel.

– Du har så rätt. Åtminstone på ett sätt. För det som varit kan vi inte förändra, men jag tror ändå att vi kan ha nytta av att veta vad som är sant. Det borde kunna hjälpa oss att fortsätta

– Så är vi där igen, suckade Tage.

– Men ändå inte på samma ställe som förut, sa Monica.

Hon lyfte blicken lite högre, upp över trädens toppar, och kände hur även hennes livs horisont hade vidgats genom det som hon fått vara med om under de dagar som nu låg bakom.

Med en vidgad horisont kände hon att det som hon funnit under ytan inte längre skulle begränsa hennes nu eller hennes framtid.

Även om hon fortfarande hade en del frågetecken att räta ut, men det fick ta sin tid...

Tidigare utgivna böcker av Arne (G D) Johansson:

Kontakt: arnegdj@me.com
0730517616